VIRGIN
PANCAKE
KOKUBUNJI

バージンパンケーキ国分寺

雪舟えま

早川書房

　　　　　　　　ｍｅｎｕ

１．　みほと久美　　　　　　　　　　5

２．　みほと明日太郎　　　　　　　　33

３．　リトフェットとロイリチカ　　　85

４．　シスター・マーブルと盛　　　　113

５．　陽炎子と虹輔とわるつ　　　　　153

６．　みほと久美と明日太郎、
　　　そしてバージンパンケーキ　　　189

1．みほと久美

湿度八十、みずみずしいくもり空。きょうの日替わりメニューは──ソーダ・ゼリー・ホイップにしよう、と、長谷川まぶは思った。

よっこらしょ、とカウンターに黒板を載せ、スツールに浅く腰かけて、白いチョークで「ソーダ・ゼリー・ホイップ」とカタカナで書く。

まぶには独自の字体があって、彼女が書くカタカナは遠目にはアルファベットの筆記体のよう。とろけたクリームのような文字を満足げに見おろし、つづけて、三枚がさねのパンケーキのうえに、青い水玉もようのホイップクリームをうずたかく巻いた絵を描いた。水玉は青のチョークを使って念入りに、瞳のようにくりくりと。一粒ひとつぶはソーダ味のパール状のゼリー。

店の入口わきに完成した黒板を立てかけ、引き戸の取っ手に提げた木板をうら返して「ＣＬ

「OSE」から「OPEN」にすると、開店準備のすべては整のう。いらっしゃいませ、お客さま、とまぶは心の中で往来に向かって頭をさげる。心がすべての、この店へようこそ。

「まぶさん、どーもぉ」

いちばんのりのお客は、陽炎子。ふくよかな体をインド風の薄手のひらひらしたワンピースに包んで、満面の笑みで、先のとんがったサンダルで、ちょちょちょちょっと駆けよってくる。そして高いスツールに飛び乗るように腰かける。陽炎子のいつもの席、カウンター奥のまぶの向かいに。

「ごきげんね」

まぶはぽってりとした青みがかったガラスのゴブレットに、木炭の沈んだガラスの水さしから水を注いでさし出す。

「ありがとう。わたしはいつもごきげーん。まぶさんもきらきらしているね」

「ありがと」

有線のチューナーをオンにし、つまみをひねると日本語のロックが流れてきた。まぶは了解

7

を求めるように陽炎子をふり向き、「きょうはこの番組みたい」
「いいね」
陽炎子は目をつぶってふんふんと、音楽に合わせてとんがったサンダルのつま先でリズムをきざむ。厚い耳たぶからさがった、しずく型のルビーのピアスがゆれる。
「ソーダ・ゼリー・ホイップちょうだい。きょうみたいな、ブルーグレーの雲の日にぴったりね」
まぶはうなずいて、冷蔵庫から卵とミルクびんを取りだした。内側に泡立て器の当たった傷が無数について鈍く光るボウルは、開店当時から使っているパンケーキのたね専用のもの。陽炎子はカウンターに頬づえをついて、まつげの長い大きな目をぱちぱちさせて、まぶの作業を見つめる。
「いつ見てもほれぼれする手ぎわ」
「ずっとこればっかりやってたらね」
「料理とかお菓子づくりのうまい人って尊敬する」
「陽炎子さんのタロットカードさばきも、みごとだと思うよ」
「はは。手品じゃないんだからカードさばきがうまくてもね。——たねの時点ですでににおいしそう。お月さまみたいな黄色」
「ね」

「わたしその色見てるとね、幸せなんだけど、なんだかさみしくなるのね」
「うん?」
「ものごころつくころに母を亡くしてるでしょ。かわりに父がよくホットケーキ焼いてくれたんだけどね、土曜の昼に会社から帰って、まだワイシャツとスーツのズボンのまんまで」
「うん」
「父ががんばってくれるのがうれしくて、必死になって見てた黄色なんだ。わたしも愛されてたんだなって、その記憶っていまも支えになってる」
 まぶは温めたフライパンにレードルの先からたねを落とす。冷たいたねはシュッと音を立て て、熱い鉄のうえで波紋を描きながらきれいな円にひろがる。焼きあがったパンケーキにゼリー入りホイップを盛りあげ、
「じゃあ一枚おまけ。子ども時代の陽炎子ちゃんに」
 と、それとは別にプレーンを一枚絵皿に載せてさしだす。陽炎子はぱっちりとした大きな瞳をうるうるとさせ、
「やだ! うれしい! じゃ、それメイプルシロップでいただくっ!」
 カランコロンコロン。
 ガラスの引き戸がひらき、ドアベルの音色のもと、制服の女子の集団が入ってきた。
 まぶは顔をあげて入口を見る。あらっ、と陽炎子もふり向く。

「ここだここだー」

「バージンパンケーキ、国分寺」

「書いてる場所とちがうけど」

「この音楽うける」

五人の少女たちは店内をきょろきょろ見まわし、校名の入ったバッグをテーブルにどさりどさりと載せて座った。

「ソーダ・ゼリー・ホイップだって。うまそー」

「ソーダ・ゼリー・ホイップふたつー、キャラメル・ベリー・UFOひとつー、レインボー・エナジー・ソースひとつ、パッション・キャットひとつください」

ロングの黒髪をひたいでわけた、リーダーっぽい少女が注文をとりまとめ、まぶの目をまっすぐに見つめていった。まぶはうなずく。

「さいきんの子は、鳴るのねー」

陽炎子はまぶしそうに少女たちのグループを眺める。まぶは卵をつぎつぎとボウルに割り入れる。

「どの子だろ？　やっぱあのはきはきした子かな」

まぶは苦笑いして首を横にふる。

「あ、またお客さんだよ。まぶさんきょうも忙しくなりそうだ。はやく食べちゃお」

陽炎子はパンケーキにざくざくとナイフを入れて口へはこぶ。ドアベルをはでに鳴らし、赤んぼうづれのママ友グループが入ってきて、店内はいっそうにぎやかになる。少女グループの声もつられて大きくなる。

陽炎子はカウンターに代金をおいて、逃げるように、「じゃまた！」

すごーい、うまーい、あまーい、という少女たちの歓声。赤んぼうがぐずる。まぶはカウンターの中の暗がりに腰をおろして、冷蔵庫にマグネットでとめた食材の残数のメモをぼんやりと見ていた。カウンターの中は客席の喧騒が嘘のようにしずか。

まぶはねずみのキャラクターのついた、さびた小さな灰皿をシンクのふちに載せ、すみれたばこを一本出してすう。

そして有線の曲に耳をすませる。

「ブレーカー落ちろ／いきなり暗闇になって／煙がすきまへすわれるように／君に手を伸ばせるだろう」深みのある甘い声がせつなそうに歌う。

むかしよく聴いた「ウニーズ」の《林間学校》。ボーカルのシゲザネの声が、まぶはすきで、

「昆布だしのような声だ」という、彼女としては最大限の賛辞を送っていたのに友人たちには理解されなかった。

やっぱりシゲザネは、昆布だしに砂糖をちょっぴり混ぜたような声だなあ。シゲザネの声を飲むことができたらどんな気持ちがするだろうと、まぶはていねいに昆布で

とったただしに、きび糖をすこし溶かして、人肌まで冷ましたものを飲んでみたことがある。十代のころ。シゲザネの、怖がりなひとが勇気を出して愛をささやくときのような声が、まぶの口の中を満たし、喉をとろりとくだり、胸の皮膚のしたの網目のすみずみまで流れていくようだった。シゲザネの手が胸に触れたような感じがして、まぶはくりかえし「シゲザネの声の飲みもの」を作っては飲み、彼に触れられ、愛される感覚にふけった。

ブレーカー落ちろー、いーきーなーりー暗闇になってー。歌詞は歳をとるのねえ。口ずさみながらまぶは思った。いつからか、世間の建物からブレーカーというものを見なくなった。灰皿の、ねずみの絵を避けたところに短くなったたばこを押しつけて消し、もう一本に火をつけた。

＊

久美、みほ、堀子、こづえ、鋭。

さいきんの昼休みのトピックといえば、鋭にできた新しい恋人の話。映画館のバイト先の大学生とつきあいはじめたという。

森みほは、ほかの四人が盛りあがる恋の話にこれといって意見もなく、シェアできるほどの

12

経験もなく、弁当箱の中をみつめながらどの順番でおかずを食べるか考えていた。
「年上っていい？　優しい？」
と、恋に恋するこづえ。
「うんいい、最高。優しいしすごくほめてくれる。がんばりがいがある」
この週末は久美に見立ててもらった真っ白なビキニを着て、大学生と海にドライブに行ったばかりの鋭。自信にあふれて、直視するのもまぶしいくらいだった。久美いがいの三人には、そんな光景はまぼろしのよう。みほなどは白い砂浜を想い浮かべると、ほとんど反射のように、曲がりくねった松の木と悪がきどもにいじめられている亀、それを助ける浦島太郎の図を連想してしまう。
「ビキニ……」こづえは弁当箱の中のカレー味カリフラワーを箸先でもてあそび、「海……」とうかされるようにつぶやく。
「同級生なんてほんと子どもで」
鋭は抜けるような真っ白な肌に、茶色っぽい天然パーマのショートヘアが耳のうえでクルルと広がって、きつめの性格とうらはらに外見は西洋のお人形さんのように可憐。アダムスキー型UFOみたいな髪型だな、とみほはよく思うが、口に出したことはない。
同級生は子どもといわれて久美は苦笑いしている。いい返さないところが余裕ねえ、と堀子もこづえも久美の反応を見守る。鋭は久美になんとかいわせたいようで、地味男子グループで

13

弁当を食べている岸明日太郎を見やって、
「あんなのとつきあって楽しい?」
と堀子。堀子は日ごろ、小説や漫画のキャラクターには欲情するけど現実の男はどうでもいいと公言している。
「鋭ひどー。うちだってそう思うけどいわないよ」
久美は澄ました顔でそういい、ひたいでわけたたっぷりとした髪を耳にかけた。
「こんど演芸ホール連れてってくれる約束してる」
「エンゲーホールてなに」
と鋭はけげんそうに。
「落語とかやるところ」
「落語! さすが岸ボーイ、あはは、はは」
「演芸ホールおもしろいよ。明日太郎にとってはすごく大事な場所だよ」
みほはたまらず口を挟んだ。明日太郎はみほの小学校からの幼なじみで、明日太郎のすきなもの、苦手なもの、思考回路やくせはだいたい把握している。ここは弁護せずにいられない。
みほは久美に向かって、
「あすこに連れてくっていったんなら、明日太郎は久美ちゃんを大切にしてるってことだよ」
「トゥモローボーイ、顔がいいのは認めるよ。ちょっといいよね」

14

鋭は焼きそばボールのふくろをぱふっとあけて。
「うん、うちも顔だけなら、このクラスでつきあうなら岸だな」
と掘子。
「えっ」「えっ」と同時にみほと久美は短く声をあげる。
「あすたろ人気あんな！」
「やめてよ、心配になる」
勝気な久美が、明日太郎のこととなると不安そうな表情をする。ほんとうにすきなんだな、とみほは久美を見つめた。
思い出したように、話題を変えたいかのように、久美はあっといって、
「ねえ、こないだのバージンパンケーキ、また行かない？」
「行くう、美味しかったあ」
こづえが即答する。
「メニューの名前が長くて覚えられないけど、うまかった」
と堀子。
「あ、あたしきのうあすと行った」
みほは正直にそういってしまってから、あっと口をふさぎかけた。久美の冷たいまなざしがつららのように突き刺さってくる。

鋭とこづえと堀子は、あちゃーという表情でみほを見た。三人とも無言で無神経さを責めている。

みほは肩をすくめる。

「まあ、幼なじみだしねえ。遊びにいったりするわなあ」

鋭はとりなすように、

「久美怒りなさんな、みほはその気ないんだから。みほのおかげで岸とつきあえたんだし」

「べつに怒ってない」

ひとことそういい、久美はしずかに箸をおいてペットボトルの水を飲む。

久美は全身からぴりぴりとしたオーラを放って、久美の気分しだいで空気が変わるのをみほは見ていた。やっぱりグループのリーダーは久美で、みんなシュンとなってしまう。

みんなで行ったバージンパンケーキが気に入ったから、親友の明日太郎も連れてってやりたいと思っただけだった。明日太郎とつきあいはじめた久美の言動は、時どきみほを困惑させる。

明日太郎とふたりだけになりたいから呼び出してほしいと、いきなり頼まれたのが一か月まえ。

それまで、久美と明日太郎に接点があるなんてまったく思いもよらなかったのに。

「ついこないだまで年下最高っていってたくせして」

「鋭？」

久美はいまいましげにうなずく。放課ご、みほと久美はふたりで図書室に来ていた。そう決

めたわけでもないけど、なんとなく、教室の掃除の終わったあとはスクールバスの時間まで図書室でつぶす。

久美は昼、鋭にちくちくいわれたことが腹にすえかねているようだった。久美は五人組のときにはおくびにも出さないことも、みほとふたりだけのときにはわりとむき出しにする。

「きょうのあれなんなんだよ」
「まあちょっと挑戦てきではあった」
「あんな浮かれてんじゃ長つづきしないわ鋭は」
と、久美は吐き出すように。みほは本を物色しつつ、
「はは、呪っちゃだめだよ久美ちゃん」
きょうはふたりとも活字を読みたい気分ではなく、新着図書の棚にさらっと寄ったあと図鑑の前にぶらぶらとやってきた。みほはお気に入りの「宇宙・天体」の巻を引きだし、体育座りをして胸の前に広げる。

「ああおさまらん」
久美はコーヒーブロックにストローをぶっさす。「なにそれ、また宇宙？」
「うん」
「その図鑑古くない？　まだオロロン彗星見つかってないやつでしょ」
「プルートも準惑星のままだよ」

みほはぱらぱらと、お気に入りの「プルートとカロン」のページをさがす。久美はストローをくわえ、「古い情報読んで、おもしろいの」
「古いとか新しいとかあんま意味ない気がしてる。だってこういう説って、これがぜったい正しいっていうのないし」
「え、そうなの」
久美もみほのとなりにひざを抱えて座る。
「いちばんでかい声の学者の説がとりあえず正しいってことになるんじゃないの？ 新しい説が出ましたってニュースになるたびに、さらに声の大きい人が現れたんだな、って思う」
「えーっ、そういうもん？！」
おどろいた久美の、甘い、コーヒーの匂いの息。
「宇宙なんかそれぞれ、信じたいように信じてればいいんよ」
「そういうもんか。そういうことでいいのかな」
「いいもなにもひとはそれぞれちがう宇宙に住んでるんだし」
はてなマークの浮かんだ久美の顔をちらっと見て、「ま、明日太郎の受け売りだけどね」と、いわずにおく。
久美は横から図鑑をのぞきこみ、ささやくように、
「……星って、ずっと見てるとへんな気持ちになってくるね」

みほはうなずき、
「うん。とくにこの太陽系の惑星の大きさ比較、きもいのに見てしまって」
「きもい？　なんでフフフ」
久美が笑う。
「なんかさ木星と土星おかしくない？　ドーン、ドーンってうぉーバランスへん、おえーっ」
久美はおかしそうに首をふってひとしきり笑うと、みほのひざに手のひらをおき、「みほと話すのは、やっぱいいねえ」とため息をついた。
「そうお」
「うん。女っぽくないもん。いい意味で。鈍感だけど」
「えー」
「あたし、女のいやなところもう疲れた」
心底そう感じているように久美はため息まじりにいう、「他人のも自分のも」
そのとき、「こらそこ！」とふたりが座っている書架と書架のあいだの通路に、ひょっこりと図書部顧問の教師が顔を出した。「飲食禁止！」
「すんませーえ」

久美はめんどうくさそうにいって、「外で飲んで、捨ててくるわ」と立ちあがる。グレーのボックスプリーツスカートが、みほの鼻先をかすめる。ドラッグストアでずらりと並んで売っている、アメリカ製の柔軟剤の強い香り。

みほの家では母親が化学物質アレルギーで、食品も洗剤も衣類もすべて、天然素材の無添加ものでそろえられていた。無添加マニアの母は、みほが香りつきの制汗スプレーを使うのさえいい顔をしない。よくないと母に聞かされていても、久美からただようコマーシャルの世界そのものの「お洗濯の香り」は、いかにも女の子らしく思え、みほには憧れだった。

（あたし、汗くせー）

みほは図鑑と胸のあいだの空間に顔をうずめ、くんくんと自分の匂いをかいだ。みほのすきな匂いは、明日太郎の家のルームフレグランス。明日太郎のママから、「グリーン・ティー」というのだと教えてもらった。空き瓶ももらった。ようは緑茶だけど、フランスのメーカーの手にかかると素晴らしくしゃれた香水になるのだな、とみほは感心したものだった。はじめはすっきりした草の甘さが鼻を抜け、あとから喉の奥がきゅっと鳴るような渋みがやってくる。そんな香りが明日太郎の服にもしみこんでいて、それをかぐのもみほはすきだった。

「おまたーし」

もどってきた久美は赤いリップグロスをつけていた。みほを見おろし、つやつやとした唇で、

「みほってさ、岸とよく遊ぶの」
「え？　あそ、ぶ、ことは、あそぶ、けど」みほは自分でもどうしてか早口で、「回数は減ってるけど」
「やっぱ遊ぶんだね」
久美はふうっと息をつき、バッグを肩にかける。みほも図鑑を棚にもどして立つ。
「遠慮してもらうこと、できる？」
「遠慮って」
「友だちだってわかっててもつらいんだ。ふたりがあたしの知らないところで会ってると思うと」
「パンケーキ屋に行ったこと、怒ってるんだね」
「あれは……いい気はしないよ」
久美は顔にかかる髪をくしゃっとかきあげ、つらそうに、「あたしが、岸と行こうと思ってたんだもん」
「ごめん」
「もうそれはいいから、これからは会わないでくれる？」
「ごめんほんと、それはわかってる。ひどいこといってるのもわかってる」

久美らしくなく、みほの目をちゃんと見て話せない。
「みほが、岸のこと呼びすてにするのを聞くだけでも傷つく。ふたりには、あたしが知らない過去がいっぱいあるんだってことが」
「それはどうしようもないよ」
「わかってる。あたしほんと最低だ」
「すきなんだね」
泣きそうな顔で久美はうなずく。
「いいよ、もう会わないよ」
みほがいうと、久美は信じられないというように目をみはる。
「そのかわり」
がくがくと久美はうなずき、「会わないでくれるなら、なんでもする。条件いって」
すがるような久美のまなざしに、みほは自分の心がひるむのを感じていた。すぐには言葉が出てこない。「そのかわり」なんなのか、自分でもわからないのに口をついて出てしまった。
「そのかわり、なに」
「……えーと」
「うん。なんでもいって」
ないよ、そのかわりなんてなんにも……。みほは口の中でもごもごいう。久美はじっとみほ

の言葉を待つ。

この親友の胸の中で、いつのまに自分はこんなにじゃまものになってしまったんだろう。あたしと久美ちゃんのあいだに、うすい膜のようにしのびこんできたものは、なんなんだろう。明日太郎のようで、明日太郎ではない気がする。

「そのかわりね」

みほは心を決め、口をひらいた。

「久美ちゃんとも、すこし距離をおきたい、あたし」

え、といいかけたまま硬直した久美の前を、みほは肩にバッグをかけて通りすぎる。そのまま図書室を出て、階段を駆けおりていった。

　　　　＊

陽炎子はカウンターのいつもの席から、入口近くのテーブルに腰かけているみほを眺めていた。みほは制服すがたでひとりで現れ、ハーフサイズのパンケーキを食べ終え、いまは文庫本を読んでいる。

カウンターと食器棚のあいだの小さな空間に、溶けこむようにして有線を聴くまぶに、陽炎子は声をかける。

「まぶさん、まぶさん」

「え?」

「このところあの子、わたし来るときは必ずってほどいるけど」

「そうね」まぶは目をこすりこすり、「陽炎子さん来てないときも、来てる」

「じゃあほとんど毎日じゃないの」

「そうね」

「だいじょうぶなのかな」

「なにが」

「高校生のおこづかいで、毎日ここ通って」

ああ、そうね、というようにまぶはうなずく。

「さいしょに一緒に来た子たちはあれっきりじゃない?」

「あのあと連れてきた男の子も、いちどきりだね」

「え、男子も来たの」

「いまは親友の彼氏になった、幼なじみだって」

陽炎子は人間関係相関図を想い浮かべているようにだまりこみ、「複雑そうね」

「向こうからなにもいわないから、聞かない」

陽炎子はじれったそうに、

「もう、まぶさんクールだからさあ。きっとその親友となんかあったにちがいないよ。わたし気になる」
「みほちゃんよ」
「え?」
「みほちゃんっていうの。あの子」
陽炎子はにっこり笑い、みほのほうを向いて手をふる。
「おーい、みほちゃん!」
窓ぎわのみほは、びくっとして本から顔をあげ、カウンターの陽炎子を見る。
「そうそう、君だよ、みほちゃん。こっちおいでよ!」
みほは自分の顔を指さして首をかしげる。陽炎子は手招きして、「そうだよ! 来てごらんよ、いまからわんこパンケーキやるから」
みほは本をテーブルにおき、カウンターに近づいてくる。ここ座りなよ、と陽炎子は自分のとなりのスツールを指し、
「わんこパンケーキはカウンター席だけのサービスだよ、しかも空いてるときだけの。きょうはほかにだーれもいないから、きっとまぶさんやってくれるよ、ねー?」
と、陽炎子が顔をのぞきこむようにしていうと、まぶは苦笑してうなずく。
「わんこパンケーキってなんですか」

「ここのパンケーキ、みんな三枚がさねじゃない？　見た目は豪華でいいけど、食べてるあいだに冷めちゃうと思わないかい？」

「……そう、ですね。あたし食べるの遅いし」

「わんこパンケーキは、一枚食べ終わるころに、焼きたてあつあつの一枚をお皿にもらえるの。もうお腹いっぱい！　ってなったら、ストップっていうの」

「あ、わんこそばシステム」

みほが笑うと陽炎子はうなずき、「これから何枚か食べようと思うの、みほちゃんも一緒にどう」

「えっと……さっきハーフサイズ食べたので、ちょっとなら」

「いいじゃんいいじゃん、食べざかりなんだもん。おーし、まぶさん焼いてちょうだい」

かしこまりました、とまぶはボウルに卵を割り入れる。

「片手！」みほは頬づえからあごを浮かせておどろく、「片手で卵割った―！」

そんなことで驚くの、と陽炎子とまぶは笑う。

「泡立てもはやっ！　ちょう高速っ」

みほは立ちあがって、調理台に身を乗り出すようにして。

「ちょっとあんたそんな姿勢して、お客さん入ってきたらパンツ見えるわよ」

「その茶色い粉、なんですか」

「てんさい糖」

まぶは短く答える。陽炎子は補足して、「ここはお砂糖みんなこれよ。ガムシロップも茶色っぽかったでしょ、このお砂糖でつくってるから」

「あ、聞いたことあります、てんさい糖って北海道の砂糖大根からつくるお砂糖ですよね、からだを温める作用があるって……」

「よく知ってるね」

と、まぶ。

「母が健康食マニアでそんなこといってたような。寒い土地には体を温めるもの、暑い場所には体を冷やすものが採れる。その土地に住むために必要なものができるって、地球ってよくできてるなーって」

「ほんとうにそうね」

まぶに肯定されるとなんだか得意な気持ちがして、みほはへへ、と照れ笑いする。菜の花色のとろりとしたたねを、熱したフライパンにたらす。レードルの尖った先からすらりとまっすぐにおちたたねは、胸がすくようなきれいな円にひろがって。

「ああ」

みほの口から声がもれる。

「そうそう」

陽炎子も満足そうに、ひろがるたねを見つめる。
「この甘い匂いも、幸せそうな黄色も、まるいかたちも、ひきょうよねえパンケーキってのは。わたしのこの体型ね、三割くらいはまぶさんのパンケーキのせい」
「はじめて会ったときにはもういまと変わらなかったよ、陽炎子さん」
「いや、ちがった」
「おふたり、仲よしなんですね」
そうね、とまぶは目を伏せてうなずき、「さいきんお友だちは？ まえに一緒に来た明日太郎くんは」
「あすたろは」みほはココンと咳ばらいして、「会わないことに」
「会わないことに」
「はい。親友が、あたしとあすたろが遊んでると思うと、友だちどうしだとわかっててもつらいんだそうです」
「彼と会わないでほしいっていわれたのね」
と陽炎子。みほはカウンターにべったりと伸びていた胴を、かたつむりのようにじわじわとひっこめて椅子に座りなおす。そして、はいとうなずく。
「久美ちゃんは——あ、その子の名前なんだけど——久美ちゃんの気持ちは、わからなくもないし、明日太郎のはじめての彼女だからじゃましたくないんで、会わないことにしたけ

「久美ちゃんとも距離おくことにしました
ど」

「したけど？」

みほはうつむいたまま、「久美ちゃんとあたしのあいだに起こってることを、理解するのに、時間がいると思って」

陽炎子は数秒考え、口をひらく。

「久美ちゃんは、あなたと明日太郎くんが友だちどうしだとわかっててもというより、友だちどうしだからこそ、つらいのかも」

「どうしてですか」

「久美ちゃんは、明日太郎くんの彼女にはなれても友だちにはなれない、からかな」

「彼女兼友だちって、可能だと思うけど」

「あなたならね。でも久美ちゃんは、自覚してるかはともかく心の底ではわかってるんだよ。自分は明日太郎くんと友だちにはなれないってことが」

「それは、なぜ」

「久美ちゃんていう子は、たぶん男子に、女としてしか近づきかたを知らないんじゃないかな」

みほは雷に打たれたように、びりっと震えた。陽炎子に向きなおり、

「それだ、それかも。どうしてわかるんですか？」
「彼氏から女友だちを遠ざけようとする、その嫉妬の深さから、なんとなく」
「……たしかにあの子、小四から男がとぎれたことないって」
「久美ちゃんは男女の友情を知らないから、信じられないのかもしれないね。なんだかんだってけっきょく、あなたと明日太郎君の友情が恋に変わってしまうんじゃないかと、こわいのかも」
「あたしをこわがってるのはたしかです。それがむなしいんです」

みほはつづけて、
「久美ちゃんが、あたしには本音いってくれるのがうれしかったのに。いま久美ちゃんはあたしを信じてなくて、こわがってる。たったひとり男があいだに挟まっただけで」

陽炎子は目をとじてうんうん、とうなずく。
「まずは一枚」

ふたりの前に、大皿に載った焼きたてのプレーンパンケーキがおかれる。まぶはエプロンの腰に手をあて、「トッピングの希望があれば」
「まずはバターだけでシンプルにいただくわ。あとでメイプルシロップもらう」

陽炎子は福々しい指にナイフとフォークをかまえ、パンケーキを切り分けながら、
「みほちゃんは、だれかすきになったことないの？」

「……」
「あれ、黙っちゃった」
「いえ、あの——あたし中学くらいまで男みたいで、よく男子ととっくみあいのけんかしてたんですけど。自分が女だとは思ってなかったなあって。男対男の気持ちでなぐったりしてた、といま気づきました」
「あなたが中学のころって、つい一、二年まえじゃないの」
「そうなんですけどー」
と、みほは両腿のあいだにこぶしを押しこんで、肩をすくめる。
「かたや十歳から女の意識がめざめて、かたや十五歳まで自分を男だと思ってたんだもの。個人差が大きいなあ十代は」
「それで明日太郎に、君は男だからって、みーくんってあだ名つけられて」
みほはすこし考え、「あたし、騎士だと思うんですよね」
「キシ?」
「ナイトの騎士。騎士道精神。むかしから、女の子は護るものだと思っててひいきしちゃう。久美ちゃんを傷つけたくないばかりに、明日太郎がどう思ってるかちゃんと聞かずに、会わないと決めちゃってた」
「幼なじみってことは、おうち近いんじゃないの」

「だから会わないと決めても、出くわしてしまう可能性はあり」
「はい、二枚め」
まぶはもくもくとパンケーキを焼き、空になった皿にすべりこませる。
「そういうわけで、あたしさいきんひとりなんです」
「みほちゃん放課ご、予定ない日うちでバイトしたらどう」
ずっとだまってふたりの話を聞いていたまぶは、三枚めのたねをフライパンに落としながら。
「えっ、えっ」
みほはバターのしたたる口をぬぐい、「いいんすかっ」
「お給料そんなにいっぱい出せないけど、すきなだけ食べていいから」
「えーっ!」
卒倒するーう、と叫んでみほはのけぞり、
「うれしい! やります! やらせていただきまっす! あとすこしで夏休みだし!」
まぶは目を細めてほほ笑む。陽炎子は「いいなー、いいねー」とまぶしそうにみほを眺めた。
湿度八十、きょうもみずみずしいくもり空。

32

2．みほと明日太郎

「おっかしーな」

熱風にはためくルーズリーフを両手でぴんとひらき、みほはつぶやいた。電信柱の番地表示を見て、「あすたろ、きょう行けんかもしれんよこれは」

「あんでよ」

「こないだも書いてる住所とちがったんだよな……」

「座りたい。喉かわいた」

明日太郎はネクタイを外してリュックに突っこみ、ハンカチで首まわりを拭いた。汗がつうとほほを伝って襟にすいこまれる。

「古い住所なんじゃないの。頭おかしいよこんな炎天下に歩きまわって」

くねくねと訴える明日太郎に、みほはめんどうくさそうに、「わかったって」

「熱中症なったらどうしてくれる」

「オゴル！　コーラおごる！」

みほは明日太郎の腕をつかんで歩きだし、「汗ぬるぬるッ」とすぐに手を離す。明日太郎はあきれて、「だれのせいだと思ってるの？」

駄菓子屋の前にならぶ自動販売機でみほはコーラを一本買い、喉を鳴らしてけっこう飲んでから明日太郎に渡す。ふたりはペンキのはげてきた古いベンチに座る。

「こないだ久美ちゃんたちと来たときは、いまにも降りそうな天気だったんだよね」

「ふーん」

「きょうはかんかん照りでしょ、景色の感じがちがって見つけられないのかも。雨の日とか夜とか、天気や時間帯で、来たことある場所も印象かわって見えるじゃない？」

「それ、みーくんいつもいうね。方向おんちのいいわけ？」

「可愛くねー」

みほは明日太郎の額をたたく。明日太郎は「いてぇ」と痛くもなさそうににやにやしていい、人さし指でめがねを押しあげる。

軒先のカラフルな包装の駄菓子を眺めて、みほは小学生のころすきだったくじつきガムを見つける。「ネプチューンガムまだあるんだ！」と立ちあがりかけたとき、制服のグレーのスカートに、ぽたりと大きな黒いしみができた。

「あっ」

地面にもつぎつぎとしみの数が増えてゆく。ふたりが顔をあげると、さっきまでまっ青だっ

35

た空にいつのまにか雲がせりだしてきていて、ばらばらとぬるい大粒の雨が降りだした。
「夕立」
明日太郎がつぶやく。またたくまに本降りになる。
「あーあー」
店の奥からサンダルの足音がして、おばあさんが丸めたビニールの筒を抱えてあらわれた。軒先の商品のうえに雨よけにひろげようとする。
「手伝いましょうかー」
さっと立つ、明日太郎。おばあさんは少年を見あげてほろほろと笑った。ビニールの四隅をふたりでつかみ、明日太郎はショーケースのむこうにまわる。
「こうですか？」
「そうそう」
みほは座ったままふたりのようすを見ていた。若者の親切がうれしそうな表情のおばあさんと、もうひとつのビニールをひろげてきびきびと動く明日太郎。
（岸、だれにでも優しくってさ）
久美の声が頭の中によみがえる。
（あたしだけに優しいわけじゃないんだなーって、ちょっと、思う）
（そこがあすたろのいいとこじゃない？）

と、みほはいったのだった。
(そうだよね、あたしも岸のそこがいいって思ったんだった)
(でしょう)
(うん、うん、わかってる……初心忘れるべからずだ)
久美の苦しそうな笑顔がふっと浮かんだとき、「ありがとねー、ほんとありがと。いい子たちだあ」とおばあさんの声が聞こえて、みほはわれにかえる。
ひろげられたビニールのうえにはつぎつぎと水玉が生まれていた。ふたたびとなりに腰かける明日太郎に、「よかったね、手伝ってあげて」
「うん」
明日太郎はめがねをシャツのすそで拭う。
店の奥にひょっと消えたおばあさんは、板チョコレートを二枚もってもどってきた。「ハイ、これ食べてね」
「あっ、かえってすいません、いただきます」明日太郎はみほをふりむき、一枚渡す。「はい」
「あたしももらえんの?」
「ということでしょ」
「なんにもしてないのに」

「いいから。気持ちだから」

ふたりは銀紙をむき、すこし柔らかくなっている板チョコレートをはむはむと食べた。

雨はどんどん強まる。足をおろしているとあたる。みほはベンチのうえに膝を抱えて座りなおし、ぽつりと、「おれも来てみたかったから」

気にしてないように明日太郎はいって、コーラのさいごひと口を飲んだ。くずかごに缶を放り、

「来たかったんでしょ」

「ごめんね」

「涼しくなっていい」

「降られちゃったね」

「あっす、めがねかして」

明日太郎はにこにこと、

明日太郎は銀ぶちのめがねをはずしてみほに渡す。みほはめがねを手のひらで転がし、「おっさんメガネ」

明日太郎はおかしいのをこらえるように口を一文字に結んで、前を向いたまま。みほは明日太郎のめがねを奪うといつもそうするように顔にかけ、ひゃーくらくらする、頭いたい、といってはしゃぐ。

「食べる気まんまんだったけどなあ、パンケーキ」
「じゃあミルキーウェイ行く？」
「ぜんぜんちがうんだよォ、ファミレスのとは」
 口をとがらせるみほに、やれやれと明日太郎は肩をすくめる。道路を白く泡立たせるほどの雨はいつしか弱まり、軒先からしずくが零れるばかりになった。
「帰ろか」
「うん……」
 バッグのもち手に腕をくぐらせかけたとき、みほは叫んだ。
「あぁーッあった！　あすこだあれだ、バージンパンケーキ！」
「え？」
「なんでいままで気づかなかったんだあ？」
 駄菓子屋の向かいの細い路地へ、雨水を跳ねあげて走りだすみほのあとを、明日太郎も追いかける。
 バージンパンケーキ国分寺。白壁が雨に洗われていっそう輝いている。引き戸の入口わきには日替わりメニューの黒板があり、きょうは「フルーツとナッツのタンバリンケーキ」。パンケーキの周りにパイナップルやオレンジやキウイが、タンバリンの鈴のようにぐるりと並べられたイラスト。そしてもちろん、入道雲のようなホイップクリーム。ひと目見るなり、みほの

耳にはフルーツの鈴がシャンシャンと鳴るのが聞こえ、口の中にはつばがるるっとあふれた。
「食べたいっ、食べたいっ、あすたろ！ねえ！」
「へー、すげえ、ふーん」
すぐには言葉にならないらしい、自分とおなじくらい感動しているようすの明日太郎に、みほほは満足して戸をひらく。店内には客はだれもおらず、カウンターの中には黒髪を頭の後ろで三つ編みの輪に結った、気むずかしそうな女主人だけがいた。
まぶはふたりの高校生に、「いらっしゃい」と声をかけた。
女子のほうは覚えている。先週の五人組のうちのひとり。さわがしい友人たちの中ではおとなしい感じで、店内をきょろきょろ眺めたり、まぶを見つめたりしていた。強い目をしたショートカットの少女。
「あー涼しー、ここ座ろ」
男子が、天井の扇風機の風があたる席にさっさと座る。少女は注意ぶかい猫のように入口の前から動かず、戸のうえからしたまでなめるようにじっくりと見つめている。
「みーくん、おーい。なに見てるんだよ」
「……うん」
「日替わりのやつにすんの？ ドリンクセットは？」

みほは入口を凝視しながらテーブルにつく。明日太郎は年季の入ったアルバムのメニューをひらいて、「アイスコーヒーにしよっかなァー」
まぶはふたりの席に来て、「ご注文は」
「日替わりふたつと、僕はアイスコーヒー」
みほはまぶの顔を見あげて黙っている。まぶもみほの茶色い瞳を見おろす。
「みーくんは？　みーいくーん」
明日太郎はみほの袖をひっぱり、みほははっとしたように「おなじ」といった。
「タンバリンケーキと、アイスコーヒーのセットふたつね」
まぶはいい、カウンターにもどってゆく。
「あの人がどうかしたん？」
明日太郎は声をひそめて。
「ドアベルの音がしない……っていうか、どこにもないし」
「え？」
「久美ちゃんたちと来たときは、店に入ったらカランコロン鳴ったの。牛が首につけるような」
「カウベル」
「そんな感じの音したの。戸をあけると揺れて鳴るのかなって。でもそんなのついてないんだ

41

よ」

明日太郎はみほの気にするあたりを見て、「たしかにないねえ」。そして、どうでもよさそうな態度もあらわに、

「みーくんって」

「なに」

「おおざっぱかと思ったらいがいと細かいこと気にするよね」

「――あ、あ、聞いててよ」

ふたりの窓の前を母親と小学生らしき娘が通った。戸口で日替わりの黒板を見て娘がきゃあきゃあいっている。

「ほら、入ってくるから」

「はいはい」

カランコロンカラン。

鳴った！　みほと明日太郎は顔を見合わせる。

「おれたちのとき鳴らなかったな？」

「そうなの、鳴ったり鳴らなかったりするんだよ。どこにもないベルが」

母娘は店の奥のテーブルに座った。娘のほうは片腕にギプスをして真新しい三角巾で吊っていて、病院の帰りらしかった。がんばったからごほうびね、なんでも頼んでいいよという会話

が聞こえる。

　パンケーキがはこばれてきた。大皿に、顔ほどもある大きな厚焼きのパンケーキ。そのうえにはぐるぐるとクリームが絞られ、周りにはナッツとフルーツが並び、金色の糸のような飴が彩っていた。

「完ぺき……」

　なにもかもどうでもよくなるようなパンケーキ。みほはため息をつく。チェック柄のガーゼを重ね、手縫いでステッチされたコースターに載ったアイスコーヒー。アイスコーヒーがすきな明日太郎はひと口飲んで身もだえし、「う、うまい」とうめいた。

「いままで飲んだうちの五本、いや三本の指に入る。黒い色の食いもんは、やはりうまい」

「コーヒーって食べもの？」

「うまいコーヒーは、豆料理だ」

　みほは笑って、細めのストローでアイスコーヒーをすする。ほんとうにおいしい。

「久美ちゃんともちゃんとデートしてる？」

「え」

　明日太郎は虚をつかれたようにストローから口を離し、顔をあげ、「知ってんでしょ、どうせ」

　いつも久美とつるんでいるみほである。教室で、ふたりが自分のほうを見ながら話している

のを明日太郎は知っている。
「知ってるって、なにを」
「つつぬけなんだろ、おれとどうしたとか」
「まあね」
「こわいな、女のおしゃべり。みー公はそういうんじゃないと思ってたけど」
「そういうんじゃないって？」
「だれとだれがどうだとか。そういうくだらんこととは距離をおいてると」
「くだらんって、久美ちゃんとあんたのことじゃん。あんたはともかく久美ちゃんに失礼」
「内緒ね」

明日太郎はごめんというように両手を合わせた。

話がとぎれる。

親友の恋人になってしまった幼なじみの、あつかいかたがまだよくわからない。久美ちゃんをだいじにしなさいよ、ちゃんとデートしなさいよ、と明日太郎に小言をいうのが近ごろはみほの役目のよう。

そんなことをいう自分はあまりすきじゃないし、明日太郎もいわれてうれしくなさそうだし……。

（あたしは、女子に甘くて、久美ちゃんの肩ばかりもつけど）

みほはひと口ぶんのパンケーキに、そっとフォークの先でクリームとフルーツを載せ、口にはこぶ。

（つきあいの長さならずっとずっと、このあすたろのほうなんだよなあ）

みほと明日太郎は家が近所で、小学一年からの友だち。それは高校に入って親友になった久美が、明日太郎とつきあいはじめたからって変わらないことなのに。このごろは明日太郎と学校帰りや休日に遊びにいくことも減ったし、遊んだとしてもなんとなく久美に遠慮して、こんなふうにぎこちない時間になっている。

みほは食べかけのパンケーキを見おろし、ふんいき変えよ、と口の中でつぶやく。ナイフとフォークをおいて立ちあがり、

「トイレ」

テーブルを離れてカウンターの奥のトイレに向かう。通りすぎるときにチラッと見ると、女店主はカウンターの中で小さないすにうずくまるように腰かけ、紫色の細いたばこをすっていた。

トイレの鏡で、みほは自分の顔をまじまじと見る。久美のことをもちだすべきじゃなかったかな、と思う。アンティーク調の花柄の陶器の洗面台に手をつき、はーっと長いため息をつく。久美のことは考えなくていいはず。明日太郎といるあいだは、むかしからの感じでいいよう。久美のことは考えなくていいはず。明日太郎といるあいだは、むかしからの感じでいいよう。久美のことは考えなくていいはず。じゃないとめんどうくさくなって、久美のことが苦手になってしまいそ

「あのう」
　席にもどるとき、みほはカウンターの中に声をかけた。ぼんやりしていた店主は、顔をあげて「んん」といった。
「このお店、きょう見つけるのすっごい苦労しました」
「そう」
「住所見ながら来たんですけど」
「まあ、特徴のない住宅街だから」
「あたしまえにいちど来たんです」
「覚えてる」
　店主はうなずいた。
「えっ、あたし覚えてます?」
「五人組で来てた」
「はい! あのときは、えーと、UFO……ナントカっていうの食べました」
　店主はにこっと笑った。「そう」
「つかぬことうかがいますけど」
「ええ」

「あの――、ドアのところ、ベルってどこについてるんですか」
「え?」
「音鳴ったり鳴らなかったりするなーって。へんなこと聞いてすいません」
「あれは、処女じゃない人が通ると鳴るの」
「なにじゃない人?」
「処女じゃない人」
「え? は?」
「非処女探知機みたいなものかしら」
店主はそれだけいって、自分のいっていることは驚くにあたらないというように澄ましている。
「ま、まじですか? なんですか、正確なんですか、それ。なんのためにそんなのドアのとこについてんですか」
「そうね」店主は灰皿にたばこの先を押しつけ、「どういうしくみかわからないけど、開店当時からあのベルの音はするね。どこからか。精度は――」
といって、まぶはみほを見つめ、
「鳴らなかったから、あなたはバージン。当たってる?」

47

みほは思わず「しッ!」と唇に指を立てる。

「当たりね」店主は笑う。「あ、男の人はノーカウントみたいよ。経験あるなしにかかわらず」

みほは心の中で確認する。ええと、さっきの母と娘は——一回だけ鳴った。母親のぶんか。久美ちゃんたちと来たときは……何回か鳴った気がする。

「お友だちは、だれか鳴ってたね」

と店主は、みほの心を見透かしたように。

「あの子たちのだれか、もう処女じゃないってこと?」

視線を感じてふり向くと、明日太郎が「なに話しこんでんの?」というように、アイスコーヒーのグラス片手にみほを見ていた。みほは「来んな」と手でしっしっと追い払うしぐさをして店主に向きなおる。

「さっきの質問、もう一個答えてもらってないです」

「え?」

「どうしてそんな、探知機が入口についてんですか。だれの得になるんですか」

「わかんないんだよねえ」

店主は心底ふしぎそうにいった。ふざけているのではないらしい。

「いままでベルのことをいってきたお客さんはいなかったよ。あなたがはじめて」

「あにしゃべってんだよう」

しびれをきらした明日太郎が、席を立ってカウンターまで来た。

「恋人?」

店主が首をかしげる。

「や、あたしの親友の彼氏に、さいきんなりました、岸明日太郎です」

「どうも」

「明日太郎君ね。あなたは?」

「森みほです」

「友だちなの?」

「ええ小一から。つきあいだけは長いっす。こいつの彼女っていうのが、こないだ一緒に来た四人のうちのいちばん元気だった子です」

ああ、あの子ね、というように店主はうなずく。「ご丁寧にどうも。わたしは長谷川まぶ」といった。

「なに話してたの」

「なんでもねって」と、みほは明日太郎の背中を押してテーブルにもどる。

「ベルのこと聞いてたの?」

49

「いやいや。いやいやいや。なんでもないの」
「楽しそうにしゃべってたじゃん」
「楽しいっていうか、なんていうか」
と、冷めてしまったパンケーキにふたたびフォークをさす。

四人の中で、ベルが鳴ったのだれだろう。久美ちゃん？ あのとき先陣きって店に入ったのは久美ちゃん、そのときベルが鳴った気がした。記憶ちがいかもしれないけど。

久美ちゃんは処女じゃない？ だとしたら、いつから？ 明日太郎とつきあうまえから？

それとも。

「あすたろさ、あすたろってさ……」

明日太郎はマガジンラックの中の雑誌をまさぐり、「新しいのないなー」とぶつくさいっている。みほをふりかえり、「なに？」

「なんでもない」

「食べないの？ 残すんなら食べるよ」

「やんねー」

「あっそ」

「あすたろさ、あんたさ……」

「だからなに」

ッッ、といつものように銀縁めがねを指先で押しあげる幼なじみの顔を見て、「やっぱないな、こいつは」と思う。久美からは、映画や水族館にデートに行ったことは聞いているが、はじめて手をつないだとか、そのていどの報告しか受けていない。よく見たらまだまだ子どもっぽい顔してるじゃないの。明日太郎なんか、キスだってありえない。

「──ベーコン・アンド・ハーブ・アイスピック・グレイシャーだって。おれこんどこれにしよ。晩めしに」

明日太郎はメニューの「お食事パンケーキ」のページをうれしそうにひらいて見せた。一緒に眺めながら、みほは、明日太郎をもうここにはつれてこないかもしれないと思っていた。

＊

バージンパンケーキ国分寺。
修道女のスカート色をした、くもり空の日のみ営業。
晴れの日や雨の日は住所をたよりにさがしても店が見あたらず、おなじところをぐるぐる歩きまわって、つかれはてて帰ることもある。
みほは、晴れや雨の日がせつない。雨はまだいい、やんだあと雲が空に残っているあいだは

店が見つかる可能性があるから。

あの店を視野にとらえた瞬間というのは、なんともいえないふしぎな心地がする。ずっとそこにあったのに見えていなかっただけのような、自分の目が信じられない感じがする。明日太郎と駄菓子屋で雨やどりしたあとに見つけたときからそれは変わらない。バイトに行った日を手帳にメモしている。このごろはくもりの日が多くていい塩梅。みほは生徒手帳をつねにオンにして天気予報の「くもり」アラートを待ちわびるようになった。

昼休みは、たいていはいつものグループで弁当を食べ、時どきひとりで校舎の裏庭で食べる。五人でいるときは久美ともふつうに話したが、まえのようにふたりだけではもうすごさない。久美がさびしそうに自分を目で追っていることも気づいていた。でもどうしていいのかわからない。

（みほと話すのは、やっぱいいねえ）
（うん。女っぽくないもん。いい意味で。鈍感だけど）
（あたし、女のいやなところ、もう疲れた）

みほは家の近所のスーパーの衣料品コーナーでエプロンを品さだめしながら、久美の言葉をひとつずつ反すうしていた。

ひとはいちど恋にめざめたら、心は女か男のどちらか片いっぽうにしかなれない、そんな不自由なものなんだろうか。

（久美ちゃんていう子は、たぶん男子に、女としてしか近づきかたを知らないんじゃないかな）

と陽炎子はいった。

かちゃりかちゃりとハンガーをつぎつぎにずらしていった。グレーの無地で、胸もとに太った三毛猫の顔のアップリケ。その下に「HAPPY DAYS」とピンクの糸で刺繡してあるのが、なんとなく気に入ってハンガーごとラックからはずして手にとってみる。

「ハハ、だっさ可愛い」

値札を見る。そして頭上でエアコンの風にゆれる三十パーセントOFFのポスターを見あげる。よし、買える。エプロンを抱えてレジのほうへとクルッと体を向けたとき、そこに立っていたのは明日太郎だった。

「うぅわあ！」

みほは、あごがすこんと落ちそうなくらいにひらいて叫ぶ。

「すごい顔すんね……」

明日太郎はポロシャツによれよれジーパンの私服で。

「あすなんでここにいんの」

「みーくんち行ったらここに来てるって。……それ買うの？」

「うん」
「なんでエプロン」
「仕事で使うの」
「しごと?」
「あのパンケーキ屋でバイトはじめたんだ」
「えっ! 知らない!」
「いってないもん」
「それで忙しいんだな。だから会えないのか」
 納得したような表情の明日太郎。そうじゃない、順序は逆だ、とみほはいいたくなるのをこらえる。
「なにしにうち行ったの」
「なにしにって。なにしてっかなーと思って」明日太郎はめがねを指で押しあげ、「理由いる?」
「いや、いらん」
 いままでふたりが会うのに理由なんかなかった。新しい漫画やゲームを買ったという口実もいらなかった。なんとなくおたがいの家に遊びにいき、家族のように部屋にあがり、なにがどこにあるか知りつくした本棚の、もうなんども読み終わっている本や雑誌をまた読む。それす

らしないで、ただごろごろする。そんな時間をすごしていたのだから。
「とりあえず、レジ」
みほは明日太郎のわきをすりぬけて歩きだす。明日太郎もついてきて、店内に流れるなつかしいポップスのメロディーに合わせて口ずさんでいる。
みほが会計を終えると、ふたりで買物するときはいつもそうするように明日太郎は「もとうか」と手をさしのべてくる。「軽いから」とみほは首をふる。ふたりはパステルカラーの床をならんで歩き、店を出る。
「いいのかな」
心の中でつぶやくつもりが、どろりと声に出してしまっていた。
「あにが」と、明日太郎。
「ああ」みほは顔を両手でしゃしゃしゃっとこすり、「ウー、どうしたらいいんだ」
「だからなにがさ」
「解散！　ここで解散。じゃあ、そういうことで！」
明日太郎はめがねの奥の目をぱちぱちさせて。
「ちょっと、ちょっとみーくん」
「あっす、こんなとこ来てるひまあったら久美ちゃんと会ったらいいんだよ」
「は？」

じゃないと、こんな思いをしてふたりから距離をおいてるかいがないじゃない、といいたい。みほはそのまま早歩きで逃げる。背後から明日太郎の「あ！ わかった！」と声がした。走って追いついてきた明日太郎が、眉をひそめて心配そうな顔でいう、

「みーくん生理か、そうだろ」

「関係ない」

みほは明日太郎の鼻梁(びりょう)をきつくつまむ。

「つらいときは頼れってことだよー」

「あほ太郎、その優しさを」

わきめもふらず久美ちゃんに注ぎやがれ、といおうとしてみほはふり向いた。しかられた犬のような、まじめな、ちょっと情けない感じの表情で立っている明日太郎がいた。

「音村と、なんかあったのかよ」

明日太郎はみほを正面から見つめていう。「ふたりで、おれの知らないところでいろいろさ……。どうしていいかわからんよ」

誠実な明日太郎のまなざし。こそこそと逃げまわるのがばからしくなってくる。

「話さない？」

明日太郎がすじ向かいにある公民館をさす。みほはうなずく。公民館のエントランスの自動販売機でオレンジブロックを二本買うと、ロビーのベンチにならんで腰をおろした。

公民館は空いていて、ロビーはがらんとしていた。ときおり職員と住民の会話が聞こえるほかは空調の音がしずかに響くばかり。

「涼しい」

明日太郎はそういってブロックにストローをさす、きゅう、とすう。

「うん」

みほもブロックにストローをさす。

「あっさりいっちゃうと、久美ちゃんにあすたろと会わないでほしいっていわれてたのさ」

「そんなこともあるかなと、考えはした」

「考えたんだ」

「音村はいかにもそういうこといいそうだしなあ」

「そう感じる?」

「おれのこと、すきでいてくれてるんだなとは感じるけど。やきもち焼きだよね」

「いうねえ」

みほはひじで明日太郎をこづく。明日太郎はゆるみかけた顔を必死にもどそうとして、うまくいかないでいる。

「いいんだよあすたろ。はじめてできた彼女なんだから」

「みーくんみたいのが女子だと思ってたらさ」

57

「思ってたの？！」
「あ、思ってなかった。いや、でもやっぱりみーくんは女子だよ」
「どっちだ」
「とにかく、おれみーくんくらいしか女子の記憶のサンプルないじゃない。ずいぶんちがうんだよ。思考回路が」
「久美ちゃんはまあ、女子の中でも女っぽいほうだね。いい匂いするしね。あたしとちがって」
 ふふん、と明日太郎は肯定とも否定ともつかない声をだして、またブロックからジュースをひと口飲む。
「バージンパンケーキで、陽炎子さんていう常連さんと仲よくなってね。あたしたちのこと話したんだけど。久美ちゃんはあたしがあすたろの友だちでも心配、なんじゃなくて、友だちだからこそ心配して嫉妬してるんだっていったよ」
「んー」
 明日太郎はわかったような、わからないような。
「自分はあすたろの彼女にはなれても友だちにはなれないって、それがつらいんじゃないかって」
 フィンフォンファンフォーン、とまろやかな音色が高い天井に鳴り渡り、小学生は帰宅する

時間になりましたという放送が流れた。しばらくして、色とりどりのランドセルを背負った子どもたちが階段を降りてきた。リコーダーを鳴らして職員にしかられたり、手もとのゲームに夢中で、きゅうに立ちどまった前の子の背中にぶつかったりして騒ぎながら、みほと明日太郎の前を通って、にぎやかに外へ出ていく。

「あたしたちもあんなころがあったんだよ」みほはしみじみとつぶやき、自分のせりふにおどろいた。「わ、ばばあくさいといった」

「おれはついさいきんまであんな感じの気分でいたよ」

明日太郎は帰っていく小学生たちの後ろすがたを見やり、音村とつきあうようになって、みーくんと会うのが減って、なんだか世界が変わってしまった」

「うん」

「友だちって立場に嫉妬するってわかる気がするね。だって楽しかったじゃない、ずっと。男とか女とか関係なく、なんていうか、人として」

そこまでいって、明日太郎はみほを見つめ、

「人として、まるごとみーくんをすきだったんだなと」

「うん」

「音村は女の子としては美人だしいいなあと思うけど、人間としてまるごとすきかはわからな

59

い。だからね、単純に考えたら、おれはみーくんのほうがすきなんじゃないかと」

久美が聞いたらどんなにか嫉妬するだろう、とみほは背筋が寒くなるのと同時に、明日太郎からこの言葉をもらうのはとうぜんのことという気もする。

「みーくんへの信頼感というか、この人のことはなにがあっても受け入れられるし、みーくんもおれのこと受け入れてくれるだろうなあっていう感じは、ほかの人に感じたことはまだないよ」

「家族みたい」

「家族……そうね、家族というか」

「ちがうの」

「こんなことあたりまえすぎて、言葉で表現する必要あると思わなかったからね——どういったらいちばん正確か」

みほはだまって明日太郎の言葉を待っている。

「家族とのちがいは、日常のなかでみーくんのこと考えてる割合多いな。親や未来彦(みきひこ)のことなんてほとんど考えないけど」

「あたしのなにを考えてる」

「なんだろ、気がつくと自然に……いまになにしてっかなとか、このテレビ観てるかなとか。もう寝たかなとか」

「久美ちゃんのことは？」
「考えるよ」
「どんな」
「聞くなよ」
「どうして」
「そこは聞かないでしょ」
へーえ、へーえ、子どもだこどもだと思ってた明日太郎がね。みほはベンチの背もたれに体をあずけ、胸をそらせた。天井の水銀灯がじわじわとうるんでいる。明日太郎は飲み終えたブロックをくしゃっと握った。
「あす」
「……」
「ねえ、あす」
「うん」
「久美ちゃんともうキスした？」
「また、もう」
「したんだ？ したね？」
明日太郎はみほに背中を向けぎみに、無言でうなずいた。

「うわー、したー、したよー！　この人！」
「ちょっと、なんなの」
「それって、よいもの？」
「なにいってんの」
「本気で。だってあたし、一生そういうのしないかもしれないから」
「一生ないってこたないでしょ」
　明日太郎はふんと鼻を鳴らす。みほは首を横にふり、
「あたしだって、あすたろがあたしをすきだと思ってくれてるのと負けないくらい、あすたろがすきだよ」
「うん」
　明日太郎は力づよくうなずく。とうぜんわかっている、と。
「でも、そういうことにならないね、あたしらは」
　窓の外は青とオレンジのまじった夕闇がひろがり、電気の明るさがきわだってゆく。みほと明日太郎はロビーの壁に貼られた、小学生たちが描いた夏休み標語ポスターをぼんやり眺めていた。

＊

メニューのクロス張りの表紙を、洗剤を吹きつけてみがく。まぶのパンケーキ店でバイトをはじめて、こうした店は無数のこまごました仕事でなりたっていることをみほは知った。客としてのんびり座っているだけでは決してわからない裏側のこと。みほは一日の仕事をメモをとりながら覚えていった。そして至福のまかないタイム。

カウンターでフライド・グリーントマトのサワークリーム添えパンケーキを食べていると、カウンターの向かいのテーブル席に、丑松さんが写真集をひろげているのに気づいた。丑松さんは近くに住む白髪あたまの男性で、ずっとここに通っているお客のひとり。写真が趣味。みほもまぶと一緒にカウンターに入っているところを撮ってもらったことがある。

「空の写真集ですか」

みほは丑松さんのからっぽのグラスに、水さしをもっていく。片手に盆をもったまま立ちどまり、扇風機のリモコンを押すとバチンと大きな音をたてて年代もののプロペラが回りだした。

「雲の写真集だよ」
「あ、これきれー」
「ありがとう。撮ったの僕なの」
「丑松さんの写真集なんですか」
「この一年撮りためたのを本にしたんだ。一冊から作ってくれるサービスがあるんだよ」

「へえー、すってき」

からの皿をさげてテーブルを拭き、みほは丑松さんのとなりに座り、写真集をあらためて一ページめからひろげる。

「わあ……」

思わず声をもらす。

さいしょのページは都内の高層ビル群と、その上空をすいすいと流れるたくさんの軽やかな雲。

つぎのページは、絹のようなうっすらとしたすじ雲、そのしたにボリュームのある灰色の雲のかたまりがごんごんと押し寄せてきていて、ふたつの層の中ほどを飛行機雲がすがすがしくつらぬいている空だった。

さらにつぎのページは一面に、ピシピシと雷鳴が聞こえてきそうな、稲光をふくんだ黒雲。うねうねと墨絵のように明度のことなる雲がうごめいている。はるか下界で、背の高いビルたちも身を寄せあって震えているかのよう。

「すごい……」

みほは、まんまるめがねを鼻にのせた丑松さんを見あげ、「こういう写真、いったいどんなカメラで撮るんですか」

「これだよ」

64

丑松さんはテーブルにおいてある、革ベルトのついた小さなデジタルカメラを指した。手のひらにちょこんと載るほどの銀色のカメラ。

「こんなにちっちゃいので？　おもちゃみたい」

「カメラはほんとに小さくなったよね」

「雲がすきなんですね」

「雲というか。くもり空ね。だから丑松さんは、この店にたどりつけたのかなあ、とみほは思う。

「雲見てるとね――、空の端と端にあったはずの雲がさ、いつのまにか形も変わってひとかたまりになって流れてったり、うえのほうに見えてたキラキラした雲が、したのほうでもっと速く動く戦車みたいな雲にみるみる隠されちゃったり、けっこうダイナミックなのよ」

「たしかに丑松さんの写真だと、雲って、なんていうか高いエネルギーが渦巻いてるみたいに見えます」

「いいところに気がついたね！　僕はそのカオスなエネルギーがすきなの。僕の中にもあるのよ、そんな力が。こんなおじいちゃんのどこにって思うかもしれないけど」

「そんなこと思わないですよ」

「みほちゃんいい子だな――、さすがまぶさんの見こんだ子だな」

顔をしわくちゃにして笑って、子どもみたいな表情をする。くもり空撮影のあとでバージン

65

パンケーキでお茶するのが、丑松さんのお気に入りのコースらしかった。

こんなに見つかりにくい店なのに、というかそういう店だけあって、入ってくる人はなにかしら必然性があるようにみほは感じる。自分もふくめて。

店にはいろんなひとが来る。

店主のまぶはあまりしゃべらない。みほに仕事を教えるのも短い言葉で。むだ話はほとんどない。過去をいろいろ聞いてみたいと思うけど、お店をはじめたきっかけや家族のことをたずねると、いつもふしぎと雨が降りだしたりする。たぶん、まぶのほうから話したいと思ってくれなければ、聞くことはないんだろうとみほは感じていた。

入口のベルが鳴る人、鳴らない人。みほはベルが鳴るたびに入口に目をみはった。あきらかに年上の女性や子連れの女性が鳴ってもなんとも思わないが、同年代っぽく見える少女たちにベルが鳴るとふしぎな感じがする。

処女じゃなくなるってどんな気持ちなんだろう。だって、セックスってすごく変なことするじゃないか……。とても正気のさたと思えない。しないのがふつうだと思う。でも久美ちゃんはきっともう処女ではなくて、鋭もたぶん。

配達されたての夕刊に目を通しているまぶに、みほは声をかけた。まぶはおだやかにみほを見つめかえす。

「まぶさん」

「まぶさん、処女ってなんでしょう」
「個性かなあ」
と即答してまぶは、また新聞に視線を戻した。
個性。個性。個性。
個性。個性。個性。
「じゃあ、処女じゃないのは」
「個性かなあ」
こんどはまぶは顔もあげぬまま、「個性かなあ」と息をついてまぶは新聞をたたむ。まぶはいつも凝ったヘアスタイルをしていて、きょうは白髪の見えかくれする黒髪を頭のうしろできゅっとだんごに結い、サイドの髪は細いみつあみにして、だんごにつる草のようにからませてピンで留めていた。これをひとりでやってるとしたら背中に目がついているよう——その横顔を見ていると、みほは、まぶという人は処女なのではないかという気がしてきた。
日が落ちると、店の外にあんどんをだす。壁の電源にコンセントをさすと、ジジジ……と小さな音をたててランタン型のあんどんが灯り、白熱灯色の光が青い路上にぼうっと浮かぶ。い
一面の中ほどには連載小説があって、まぶがそれを欠かさず読んでいることにみほは気づいていた。ポーカーフェイスなので外からわかりにくいが、この女店主はけっこう集中して読んでいて、そのあいだは話しかけてもうわの空。ああ、けっこうだいじな質問だったのに小説読んでるとき聞いちゃった、とみほは悔やんだ。

つかの初夏に、明日太郎とお鷹の道でホタルを見たことを思い出した。

あすたろ、久美ちゃん。会いたいな。

明日太郎と公民館で話してから、まだなんとなくふたりとの距離をはかりかねているまに、夏休みに入っていた。

一学期の終わりの昼食どき。久美はみほを気にしてかあまり明日太郎のことを話さなかったが、明日太郎の聖地のひとつである演芸ホール・デートには出かけたらしかった。仲間たちの会話から聞こえてきた、落語デートを語る久美は、いままでにないはにかんだようすだったらしい。あれはほんとの恋だよ、と。

みほは久美をうらやましく思っている自分に気づいた。これまで人をうらやむという経験をほとんどしてこなかったみほは、この感情をどう扱ったらいいのかわからない。

もしかしたら男女のつきあいというのは楽しいものなのか。

鋭は大学生の恋人とけんかしたり仲直りしたりをドラマチックにくりかえしている。堀子はあいかわらず現実の男にはおかまいなしだが、男の体のあれこれを妄想するのは楽しくてしかたがないらしい。

みほのさいきんの変化を敏感に察知していたのは、いがいにもこづえかもしれなかった。話に参加しないみほをじっと見つめ、「みほって、きれいな顔してるね」といきなりいった。

みほがおどろいていると、堀子は「みっぽんなんか美人だよ、こづいまごろ気づいたん」と

68

いい放ち、「でもさいきんとみに色っぽくなったな」とつけ足した。

「あたしがあ！？」

「ちがう、そういう、あごがはずれたギャグみたいな顔じゃなくって。このごろよくする憂えた表情」

「そういえばしてる」と鋭。鋭が関心をもって自分を見ていたなんて。みほはまたおどろく。

「みほは、なんだろねー」

こづえはいつでも眠そうな目でみほの目をのぞきこみながら、「なんか、まんなかっぽい？」

「超然としてるよね。恋愛にたいして」

堀子はめがねの奥からするどい視線をぶつけてくる。「じつはちょっと、みほはあたしの研究対象だったりする」

そうそう、とこづえはそれを受けるように、

「このひと、ひとすきになったりするのかな、恋愛なんて必要ないんじゃないかなとか」

「みほは騎士道だよね」

横顔を向けたまま久美がとつぜんいった。パンケーキ店で、陽炎子たちの前でいったことのある「騎士道」という言葉が久美の口から出てきたことにみほはどきりとする。

「心は男前なんだよね。そこらの男よりずっと」

69

久美は胸の前のランチボックスを見おろして、いった。そこに騎士みほのハートをありあり
と見ているかのように。

＊

晴れている日は、行くところがない。
パンケーキ店の匂い、明日太郎宅の匂い、久美の制服の匂い。
想いがうつろう。暑い。みほはベッドサイドのテーブルに手を伸ばしたが、ベッドのうえでは泡のように
はずのエアコンのリモコンに触れない。起きてさがす気力もなくだらりと腕をおろした。
みほは夏用のうすい肌掛けにくるまって寝ていた。天井に向かって腕を伸ばし、手のひらを
うらおもて眺める。
これ、あたしの手。ひとの体に触れてみたい。久美が明日太郎としていることを、自分も明
日太郎としてみたい。
「あたしはおかしくなったのか」
声に出してみる。天井の細かな模様のパターンを見つめて。
「きっとおかしくなったんだな……」
みほは起きあがると、いつでもバイトに行けるようにエプロンと三角巾をセットしたバッグ

をつかんで家を出る。かがやく道に家並みの濃い影が落ちている。

近くのバス停から、行き先は選ばずにさいしょに来たのに乗ったことのない路線のバスが来た。乗ってみる。

車内にはスイミングスクールの名前が入ったプールバッグを背負った子どもたちがたくさんいて、奇声をあげてはしゃいでいた。日陰になるほうの列に席を見つけて座る。景色を眺めているうちに、あくびが出てきた。

ここで、ちょっと寝て。めざめたら、雲が出てますように。

くもれ、くもれ、くもれ、くもれ！

おかしなことを念じるようになったなあ。みほはまどろみながらほほえむ。それから、頭上の糸がぷつっと切れるような感覚がして、眠りに落ちた。

「つぎは稲荷前、稲荷前」

アナウンスが耳に飛びこんできて、ハッと身を起こす。

日が落ちたのかと思うほど薄暗くなっていて、時間の感覚がくるう。あたしどれだけ寝たの？　時計を見ると十分もたっていない。空には嘘のようにたっぷりとした雲がたれこめていた。ラッキー！　文句なしのくもり空！　まぶさん！

みほはバスを降りるやいなや、駄菓子屋の向かいの道を駆けぬける。家と家のあいだにひっそりとバージンパンケーキの店が見えると、まるでパズルのさいごのピースがはまって、カー

ンと空気が振動するよう。みほは小躍りする。
「おはようございまーす」
いままでしたことのあるバイトでは、実際の時間が何時でも出勤時は「おはようございまーす」で、ここでもそうしていた。まぶがカウンターの中からうなずく。こんろには鍋があって、黄金色のガムシロップを煮ていた。
みほはバッグからエプロンと三角巾を取りだして、いそいそと身につけ、
「いつでもここに来られるように、用意して出かけてたんです」
「そう」
「きょうはくもる気がしたんですよねっ」
みほは各テーブルにメニューを立て、シュガーポット、ナプキン立てに中身を補充した。カウンターの端のおしぼりクーラーをひらき、しぼったハンドタオルをくるくる巻いてつめていく。
店の仕事の数かずは、みほにはいまどんな遊びよりもおもしろい。まぶはカウンターの中にいても店のすみずみまでを自分の体のように把握していて、つねに各テーブルの状況を感じているようで、動作にも言葉にも無駄がない。「一番さんそろそろお水ね」とまぶにいわれて水さしをもっていくと、まさに一番テーブルの客がグラスの水のさいごのひと口を飲み終えるところだったりして、みほは「まぶさん、できすぎ！」としびれてしまう。

みほもみほなりに店の全体を想いえがき、いまはまぶがあっちにいるからこっちでこれをやろうとか、まぶのやりかけの作業のつづきをやって終わらせようとか、自分はこっちでこれをやろうとか、まぶのやりかけの作業のつづきをやって終わらせようとか、それがうまくいくとうれしくてたまらない。
「仕事おぼえるのはやいねえ、もう長年いるひとみたい」
陽炎子はみほの働きぶりに舌をまく。
「このひとこんな感じだけど、ちゃんと教えてくれる？ 説明不足で困ってない？」
「一を聞いて十を知るだよこの子は」
まぶは陽炎子の、わんこ式の一枚めを焼きながら。
陽炎子はテーブルのあいだをきびきび動くみほをながめて、
「ふーん。みほちゃんなんだか明るくなったみたい。楽しそう」
みほはクルッとふりむいて、
「もう学校よりおもしろくって！」
「二学期はじまっても、学校行く気なくなっちゃうかもね」
「二学期の話はしないでください」
みほは顔をしかめ、陽炎子のグラスに水をつぎたす。「夏休みの、いっちばんだいじなイベントも終わってないんですから」
「いちばんだいじなイベントって？」

「あたしの誕生日!」
「まあ、おめでと。パーティーやるの?」
「いや、そういうのはべつになにも」みほは声のトーンを急に落として、「母がベジタリアン手巻き寿司やるとか、はりきってるけど」
「ベジタリアン手巻きって、具はなんなの」
「アボカドとか、アボカドとか、アボカドとか」
「あはは」
「梅ペーストとか、大根のなますとか、こんにゃくのきんぴらとか、青じそピーナッツ味噌とか」
「食欲わかないなあ」
「あたしも」
陽炎子はふっとひらめいたように「獅子座ね」
「あ、そうです」
「うちに、みほちゃんのところに行きたがってる石があるの、よかったらもらってくれる?」
「あたしのところに来たがってる石? ……まえから思ってたんですけど、陽炎子さんて何者なんですか」
「わたしって何者だろ? まぶさん」

陽炎子はオレンジ色の更紗のショールに包んだふっくらした腕を組み、まぶを見あげる。
みほは陽炎子を凝視する。陽炎子は笑って、「まぶさんこそ」
「まぶさんも魔女?」
「魔女ッ!?」
「魔女でしょ」
「ほのかに、わたしの師匠に似てるんだよね」
「あたしいま魔女ふたりに挟まれてるってことですか」
「陽炎子さんはこわい魔女じゃないよ。こわいこともできるらしいけど、やらない」
「ふだんは占いとか、石でアクセサリー作ったりね」
「陽炎子さん、ブレスレットとかピアス、いつも綺麗なのつけてるなって思ってました」
「こういうのすき? アクセサリーにしてあげようか」
「え、いいんですか」
「みほちゃん、ピアス映えると思う。耳や首筋がきれいに出てるから」
「穴はないんです」
「じゃあイヤリング。こんどもってくるよ。お楽しみに」
「お待ちどお」
まぶが湯気をあげるパンケーキの皿をさしだす。

「ワオー！　この瞬間を待ってたわっ」
「陽炎子さんは一枚めはバターと、メイプルシロップですよね」
「そそ。生クリームは二枚めからね。さいごはフルーツ添えで」
「おぼえました！」
「ありがと」
陽炎子は四角く切られたバターをフォークでさし、パンケーキにぬりひろげて、ぱくり。
まぶは二枚めのたねをフライパンに流す。
「みほちゃんて、ここのバイトないときってなにしてんの？　わたし数えてたけど、八日連続で晴れてたじゃない」
「あ、あれ。へんなことといいました？」
みほはうーんとなって天井を向き、しばらく考えて、
「むらむらしていました」
水を噴きそうになって陽炎子はむせる。
「かわいい顔していうなあ」陽炎子はひいひい笑いながら、「ここに来たくてむらむらしてたの？」
「それもありますし」
「えっ。ほかにあるの」

「体……体動かさないとだめだなって、わかりました。ここで働くようになって」

みほは唇をかんで、

「ひまだとよけいなことばっか考えちゃって。体がくたくたになればすぐに眠れるのに」

「よけいなことって」

「友だちのこととか……別の友だちのこととか……」

「明日太郎くんと久美ちゃんのことじゃ」

「ま、そうです」みほはぺろっと舌を出し、「わかりやすいですね」

そのとき、カラランとベルが鳴り、三人はさっと入口に目をやった。入ってきたのは久美と明日太郎で、白いワンピースの久美が麦わら帽子を胸にあて、みほに手をふっている。

「鳴りやした！」陽炎子がささやく。まぶは二枚めのパンケーキを皿にすべりこませる。

「やっほう、みほ」

すこし硬い、久美の声。まぶたにはきらきらしたピンクのアイシャドウ。いつもより濃く長いまつげは震えているようだった。

「ひさしぶりにここ来てみたいっていうから」

すこし日焼けしたらしい明日太郎は、久美の背後から、よう、と小さく手をあげる。

「役者がそろったぞえー！　きひひ」

陽炎子が両手をパチンと鳴らす。「はしゃがない」と、まぶ。

「だーってだって少女マンガを地でいく展開じゃないよー、幼なじみと親友の三角関係」

 うれしくてたまらぬように陽炎子は声をころしてさけぶ。みほはだまって、レモン色とミントブルーのふたつのゴブレットに水をそそぎ、冷たいおしぼりを取りだす。まぶはみほのこわばった横顔に、

「ごめんね、このひとどろどろが好物でね」

「やだっ冗談だよ、みほちゃんが暗い顔になったから」

「三角じゃないす、だいじょうぶっす……」

と、セットした盆をもってみほは歩きだす。陽炎子は声を一段おとし、

「あのふたりいかにもデート帰りでーすって感じだよねぇ。見せつけに来たのかなァ」

 まぶは腕を組み、「まだ食べる？ もう満腹？」

「あ、あと一枚、ちっちゃいの」

「はいよ」

 まぶは三枚めのたねをフライパンへ。

「不安なんだよね。久美ちゃんて子も」

「いっやー、美少女だよねぇ」

 陽炎子は感心しきったように首をふり、

「あんのアスタロト、美人ふたりに愛されるほどのたまかね？ フニャフニャしてそうな男子

「じゃん」
「アスタロト」
　まぶはめずらしく、ぷっとふき出す。
　みほがふたりのテーブルに行ったまま、数分。一番テーブルはカウンターの中からは死角になって見えない席だ。まぶはだまって陽炎子に背をむけ、有線のボリュームをわずかに右にひねる。
　数秒ご、一番テーブルから水しぶきがあがるのが陽炎子から見えた。「わっ」と明日太郎の声。
「みほちゃん？！」
　陽炎子がスツールから飛び降りると、テーブルのわきに盆を抱えて立ち、顔から水をしたらせているみほが見えた。青いグラスをにぎりしめ、震えながら立っていたのは久美だった。
「みほちゃん！　だいじょうぶ？！」
　陽炎子が近づくと、久美はさっとみほの横をすり抜けて店を出た。
「だいじょうぶです」
　みほは三角巾で、ぬれた顔をわしゃわしゃと拭く。明日太郎もリュックからひっぱりだしたタオルでみほの肩や腕をぬぐう。
「だいじょうぶ。ジュースとかじゃないし」

「そう、み、水でよかったな」

明日太郎はひきつりながら笑う。

「タオル汗くさ」

「拭いてやってんのに」

「もういいや」

みほは三角巾をエプロンのポケットに押しこむと、まぶの前まで来て頭をさげた。

「すみません」

「きょうはもういいよ。そろそろ閉めようと思ってたし。雨になりそうでしょ」

まぶは入口を見やる。「降りださないうちに帰ったら」

みほはぺこんと、体がまん中から折れるような大きなおじぎをし、エプロンを筒のまま脱いだ。バッグにぬれたものをつっこむと、まだぼうぜんとしている明日太郎に、

「あす子、帰るよ」

「あ、う、うん、あの」明日太郎はまぶと陽炎子をふりむいてお辞儀をし、店を出たみほを追う。

「なにがあったんだろ」

そういって陽炎子は三枚めのパンケーキをたたみ、ぱくっとかじりつく。まぶは答えず、だまって洗い物をはじめた。

80

「おーい、みーくんよ」

みほは無言でずんずん歩く。バス停前を通過する。こりゃ家まで歩くつもりだなと明日太郎は空をあおぐ。

「みーほくーん、歩くの早いって」

「あ、ごめ」

みほはいま気づいたというように、明日太郎に歩幅を合わせる。

「さっきいったの、どういう意味さ」明日太郎は息をととのえ、「三人でつきあおうって」

「言葉どおりの意味だけど」

みほは湿った前髪をかきあげる。

「明日太郎と久美ちゃんとあたしで、つきあったらいいと思ったんだよ。でも久美ちゃんはいやみたいだな」

「あたりまえだよ、ふざけてんだと思ったよきっと」

「ここんとこずっと考えて、出た結論なんだけどな……やっぱひまなときってろくなこと考えてないのかなあ」

「でもみーくんさ、なんで三人。みーくんとおれがつきあう、ならわかるけど、どうして音村もなの」

「だって、久美ちゃんはあすがすきだし、あすも久美ちゃんすきだよね。で、あたしはあすがすきで、あすもあたしをすきだ」

「ええと……」

「あたしは、あすたろがどんなにいいやつかわかってる。あすのよさに気づいた女の子がすきになるのも当たり前だと思う。あすをすきになったひとが全員あすとつきあえたらいいと思わん？」

考え抜いた結論をいうみほはすらすらと早口で。明日太郎はなにかいいかけたような口のまま宙を見つめる。

「こないだ、あすが久美ちゃんとキスしたってわかってさ、むしょうにうらやましくなったんだよね」

「なん、それ」

「おもしろそうだなって」

「おもしろがるようなことかい」

「楽しそうに思えたんだもん」

みほは街灯のしたできらりと光る小石を蹴り、「ああ、男に興味をもたないと、こういうことずっとないんだなって。でもやってみたいじゃない。そしたら相手はあすだと思ったんだよね」

といってみほがふりむくと、遅れがちに歩いていた明日太郎はびくっとして立ちどまる。
「あたしのこれまでとこれからの人生を考えると、キスやらなんやらの相手は、あすたろなのがいちばん自然だと思ったんだ」
自分のいうこと、おかしいだろうか? というようにみほは首をかしげる。
「いちおう、三人でつきあおうっていう手前、あたしと久美ちゃんがするところも想像したんだけど」
「おかしなことというね——ほんとおかしなこと考えるね、みーくんは……」
「おかしいのかね。まあいいや。バス停からけっこう来てる……つぎまで歩こ」
みほはため息をついて歩きだす。「あ、雨だ」
ぽつぽつと雨が、夜の空から落ちてくる。
みほは反射てきに、まぶさん店を閉めたなあと思う。
いま降りはじめたばかりの気がしたのに、ふたりを追い越していった車のライトに照らされた雨は、すでに本降りといえるさまになっていてみほはおどろく。明かりの中の雨は、いつも大げさだ。

83

3．リトフェットとロイリチカ

紙ナプキン五百枚入りの束から、一枚ずつ取りだしてはチューリップ型に折っていく。二、三十枚折ったら、銀色のナプキン立てにさす。みほはこのごろ、すみれたばこを買いにくるぶに店番を任されるようになった。

ふと思い立ち、ＢＧＭを変えてみようとチューナーのつまみを回してみる。しかしいくら回しても、どこをどういじってみても懐かしの歌謡曲から変わらない。やっぱり壊れているのか。まぶの話だと、その日の始まりにチューナーをオンにしたときチャンネルがランダムに決まるらしく、でもたいていはまぶのすきな曲ばかりなので「わたしの好みを察していて、不具合じゃない」から修理や交換はしないのだといった。みほも古い歌を覚えてしまって、家で口ずさんだりして親におどろかれる。

「おまえ、まぶさんのいうことしか聞かないんだな」

みほはチューナーに向かってつぶやく。

単純作業は頭が真っ白になって気持ちいい。気持ちよさでいえば運動会の応援のポンポンを

スズランテープをひたすら細かく裂いていく作業にかなうものはないけれど。みほふんふんと鼻歌しつつ、体を前後に揺らしてナプキンを折りつづける。
　人の気配がしてハッと体を起こすと、店の中ほどにふたりの外国人の女の子が立っていた。ひとりは小柄でみほとおない年くらい、もうひとりは背が高くて大人っぽく、大学生くらいに見える。
「わっ、いらっしゃいませ」
　みほはあわててカウンターに散らばった紙ナプキンのチューリップをかき集める。
　ふたりはTシャツにジーンズ、スニーカーという格好にバックパックを背負っていた。そろって肌の色が真っ白で、皮膚というより乳白色のガラスのよう。薄いグリーンの瞳で店内をめずらしそうに見まわしている。輝くような存在感で、宇宙人みたい、とみほは思った。
「ハロー、ええと、なんてーの？　ユー・ウォント・パンケイクス、オケィ？」
　背の高いほうの少女は、にこっとコンパクトな笑みを浮かべて、「ありがとう、オーケーです」
「あ、わかるんだ」
「はいわかります。座っていいですか」
「どうぞ、どうぞ」
　みほはガラスのゴブレットの中から彼女らのイメージに合いそうなカラーをえらぶ。バック

パック少女たちはメニューをひらいて、なにやらささやきあってはしずかに笑っていた。すこし離れて聞くその声は、耳の奥がまぶしくなるようなふしぎな響きがあった。

「旅行ですか」

みほはふたりにお冷やを差しだしながら。

「ええ」背の低いほうが答える。「コクブンジ・シティに来たくて」

「えっ。なにか、めずらしいものありますか？」

生まれも育ちもこの街のみほ。とくにこれといって個性があるとも思っていなかった国分寺に、わざわざ来る外国人がいるなんて。

「ここは、大きな国分寺だから」

と、小柄なほうがひかえめにいう。

大きな？　みほがとまどっていると相棒が補足するように、

「日本の国分寺跡を巡って旅をしています」

「歴史のお勉強ですか」

「はあ」

白っぽい金色の髪を耳にかけてさらりという、「というか、その時代の仏像彫刻ですね」

「もっといえば、その彫刻家たちについて」

「すごい。マニアなんですね」

外国人ふたりはほほえむ。
「どこの国からいらしたんですか」
「アイス」ロイリチカとリトフェットは見つめあい、「ランド」
「アイスランド、知ってる。火山の国ですね」
「日本もでしょう」
「火山つながり」みほはほほえみ、「店主もうすぐもどりますんで、そしたらオーダーお受けしますね」
「あなたはパンケーキ、作らないの？」
みほが席を去ろうとすると、小さいほうの少女が問いかけた。
「あたしはバイトで、焼くのはできないんです」
「座って」
と、少女は好奇心いっぱいの目できらきらとみほを見あげながら、となりのいすに移る。みほは盆を胸に抱えて座る。
「あなた、なんていうの？　わたしはロイリチカ」
「みほ」
「みほ」
「みほ。みほ」ロイリチカは目を閉じて、頭の奥深くで味わうようにつぶやき、「かわいい名前」

「ありがとう」
みほは年長の少女に向きなおり、「あなたは」
「リトフェット」
「リトフェット、と、ロイリチカね」
裏口で物音がした。
「あ、帰ってきたみたい。やっとパンケーキが食べられるよ」
みほが席を立つと、ふたりはまたきらきらとさざなみのような笑い声を立ててメニューを読みはじめた。

「外国のお客さん、はじめてでした」
「めずらしいね」
みほがさげた食器をまぶはシンクに沈めていく。バックパック少女たちはフルーツトマトとバジルのクリームチーズ・バイオレンショット、パイナップルムースと栗きんとんのブルーリン・アイスリンクを時間をかけて味わっていた。ほんとうにこれがパンケーキのレパートリーが無数に載っている。数をきいたら、「三百くらい？　数えてないけど」と答えた。載せていないものを含めると千はかるく超えるという。分厚いメニューにはまぶの創作パンケーキ？　とメニューをさしてうれしそうにたずねながら。

まぶのパンケーキにはひとつひとつ背景や物語があるのだった。客に請われて思い出しながら話をすることもあるけど、みほには完全にまぶがいま考えた即興の物語だろうと思えるときもあった。
「どこの国の人だったんだろう」
「アイスランドっていってました」
「全国の国分寺をまわってるって?」
「マニアみたいです。仏像ハンカチとか、キーホルダー持ってました」
「へえ」
リトフェットとロイリチカは翌日の午後ふたたび現れた。光のように薄いシャツに膝でカットしたジーンズの軽装を、カウンターから陽炎子もまぶしそうに見つめる。
「みーほう!」
ずっとまえからの親友のように、ロイリチカはみほを抱きしめる。みほもキャッと声をあげて応じ、
「もう会えないと思ってた! この街にしばらくいるの?」
「駅の近くのゲストハウスに泊まっています」
と、リトフェット。
みほはふたりを、カウンター向かいのテーブルに案内する。ここならまぶとも陽炎子とも話

ができる。
「ハロー、ナイスチューミーチュー！」
陽炎子がターコイズブルーのワンピースの腕を差し出すと、ぷくぷくとした両手をリトフェットが握りかえす。
「リトフェットです。こちらはロイリチカ」
「わたし陽炎子」
「カゲローコさん」
「意味はね、ヒート・ヘイズ・チャイルド！」
「オオ、すてき」
陽炎子はうっとりとふたりを眺め、「曇天の天使たち、降臨って感じ」
「いまあなたたちのことを聞いてたとこ。きのうとってもかわいい旅人が来たって」
「きょうはなんにする？」
と、まぶ。
リトフェットはメニューをひらくことなく、覚えていた名をいう。「きのうから気になっていたのを頼みます。テンプル・ライト・ライト・フォレスト」
「プライベート・プラネット」ロイリチカも夢見るように。
ふたりは声をそろえて、

92

「梅シロップソーダ割りのセットで」」

まぶはうなずいて、小麦粉の入ったほうろう容器のふたをあける。ボウルに卵を割り入れる。少女たちはカウンターにやってきてその手もとをのぞきこむ。

「テンプル・ライト・ライト・フォレスト、寺院とパンケーキの取り合わせ。どういう由来ですか」

「私が夢の中でよくいく森と、その中の寺院のイメージ。明るい森で、木がそんなに密に生えてるわけではなくて、どちらかというと林って感じかな。風通しがよくて、光も下生えまで届く」

ほうほう、と少女たちはまぶの話にひきこまれる。まぶは手を休めることなく語る。

「そこにはアジア風の小さな寺院があって、若い尼と孤児たちが住んでいる」

まぶはココナッツミルクの缶をあけ、固まっている中身を軽くスプーンで混ぜ、計量カップにそそぐ。

「これは彼女が子どもたちに作ってあげるパンケーキ。ジャスミンのジュレとピスタチオは、春に寺院の周りに降る花のこと。そしてドライマンゴーのヨーグルト漬け。これは夢の中で尼さんに教えてもらったの。漬けておくだけ。かんたんでおいしいよ」

「夢の中で、デザートの作りかたを教えてもらうなんて」

みほは信じられないという顔で。

「夢の中でよくいく町や場所ってない？　心の変化に合わせるかのように、町も育っていく」

「そんな町があったら、あれ、いま夢だっけ、現実だっけってわからなくなりそう」

「そう、どこに戻るか迷うときあるよ」

まぶはけろっとした顔でいう、「上空から家の門とポストを見つけて、あ、うちだ、あそこに戻るんだって。たまにある」

「もし見つけられなくて、別の夢に落っこちちゃったら……」

「こっちの世界では行方不明、かもね」

「やだまぶさん、こわい」

「よくわかります」と、リトフェット。「旅のあいだはとくに。いま日本にいるこのわたしは夢で、ほんとうのわたしは自分の家にいて仕事をしているような錯覚をします」

「リトフェット働いてるの。なんの仕事」

「学校をやっているの」

「塾みたいなもの？」

「子どもたちは、いつでもすきなときにわたしのところにきて、学びたいことに取り組みます。絵、音楽、言葉、体操やダンス。数学や歴史、動物や植物の育てかた、先人たちの知恵。自然の中で生きるために必要なさまざまの技術」

「自由そう。そんな学校があるんだ」

と、陽炎子はつぶやく。
「このロイも、若いけれど優秀な教師です」
「えっ、なに教えてるの」
と、みほ。
「わたしに教えられることならなんでも。主なものはダンスと、歴史と、地面に石を並べるアート」
いつでもうるんでいるように見える瞳を伏せ、ロイリチカはひかえめな声でいう。そうなんだあとみほはため息をつく。同年代らしきロイリチカが、きゅうにしっかりした大人にみえてくる。

「ねえ、プライベート・プラネットはどういうお話があるの」
ロイリチカはねだるようにまぶを見あげて。
プライベート・プラネットは半球形のパンケーキで、焼きあがったパンケーキを小さめのボウルに敷いて、内側に中身を詰めていくドームケーキの要領で作る。こんもりとしたパンケーキを切るとミントのババロア、ラズベリーゼリー、スポンジケーキ、カスタードムースの層になっていた。

「これはあなたの星。あなたの想いがこの地層を作ってきたの」
小さな歓喜の声をあげ、ロイリチカは両手をぎゅっと組み合わせる。

95

「こんな美しい食べものがあるなんて。これがわたしの星？」

「うん、わたしから見たあなたのイメージ」

「まぶさんて人を見抜くっていうのかな、はじめて会ったお客さんのイメージでプラネットのパンケーキ作るけど、本人もドキッとするくらいその人の性質を当ててるんだよ」

「ほめすぎ」

「わたしとまぶさん、方法はちがうけどおんなじことやってるなって思う」

「ふたりとも、魔女ですもんね」

みほがいうと、陽炎子はニカッと犬歯を見せて笑った。

「ミントのババロアの中に、なにか入ってるみたい」

ロイリチカは彼女の星を切り分けながら。

「グミやらチョコチップやら埋もれてるでしょう」

とまぶ。

「あ、化石が！ マンモスかしら」

ロイリチカのフォークの先には、骨の形のレモングミ。リトフェットはつぶやく。「食べものは、かつて生きていたもの。わたしたちはだれかの思い出を食べているのね」

「ほかにはどんなプラネットがあるの」

と、ロイリチカ。

「大納言チーズケーキやチョコレートブラウニーでずっしりした星を作ったこともあるねぇ。ピーチゼリーやメロンのスライス、ホワイトチョコレートのムースで徹底てきにフワフワにしたことも」

「木星みたいな、ガスの星のイメージ?」

「そんな感じのお客さんだったから」

「あれ? それ、わたしに作ってくれたやつじゃない? フワフワっての」

　頰づえをついて話を聞いていた陽炎子が、がばっと身を起こす。

「そうだったかな」

「そーだよ、なんかすっごいフワフワでトロトロで、口の中でシューって溶けてあっというまに食べ終わった記憶だもん。そっか、木星なのか、わたし」

「創造主ね」リトフェットは尊敬のまなざしでまぶを見つめる。「わたしだったら、どんなプラネットになりますか」

　そうね、とまぶは一段低いカウンターの中からリトフェットを見あげて、

「まず、黒ごまプリンと黒糖パイ……」

「黒ごまのお菓子すきです。黒ごまジェラート、色が仏像っぽいですね」

「みほちゃんみたいなこというね」

「黒ごまプリン、あたしも地蔵っぽいと思ってた」
「あと抹茶ものははずせないね。クリームか、スポンジか……底はバナナケーキかな」
「バナナケーキ、意外！」
と、みほ。まぶは笑って、
「そう、リトフェットは意外とバナナケーキ、ラムがガツンと効いたやつ」
ふたりは食べ終えたあとも、去りがたそうにメニューを眺めていた。
すべての由来を聞いていたらこの夏が終わってしまいそう。みほはそんな彼女たちをカウンターから見つめていた。

 真夜中、みほの生徒手帳にロイリチカからのメールが届いた。
「こんどの日曜日、高尾山にのぼります。みほも来ませんか？　わたしたちのために来てくださるとうれしいです。山菜そばをごちそうします」
みほは寝ぼけた頭で、手帳の画面の光に目を細めながら返信する、「いくます」
高尾山なんて、中学のときの遠足いらい。
明日太郎が帰りの電車で鼻血出したんだっけ、と思い出し笑いして、
（ああ、ふたりはさそえないんだな……）
と、みほはぼんやり思う。三人でつきあおうといって水をかけられてから、久美からいっさ

い連絡がなくなった。

ふたりを誘えたら楽しいだろうな。いまは無理だけど、きっとそのうちできるはず——ロイリチカたちを久美たちに紹介するところを思い描くと、なんだか得意で、みほはうっとりと笑みを浮かべてふたたび眠りに落ちていく。

日曜の朝、部屋の蒸し暑さでみほは目ざめた。みほはベッドのうえにのろのろと起きあがり、あぐらをかいて枕もとに常備しているペットボトルの水を飲む。そこでようやく生徒手帳の目覚ましが鳴った。

「さてとよ」

ベッドを降りると、昨夜のうちに用意しておいたリュックが鎮座している。タオルは二枚。一枚は顔を拭く用、もう一枚は背中用。シャツと背中のすきまにタオルを広げて挟み、そのまま山に登るつもり。頂上で汗だくになったところで勢いよくこのタオルを引き抜くと、背中に涼しい空気がすべりこんでどんなにか気持ちがいいだろう。その瞬間のことを想像するといまから達成感で胸がすーっとする。

みほがかぜで熱を出したりするたびに、母は背中と下着のあいだにタオルを敷き、うえからパジャマを着せてくれた。熱がさがって体が楽になったころ、汗を含んでじっとりと湿った背中のタオルを抜き取ると、なんともいえない爽やかさに歓声をあげるほどで、病が完全に体か

ら去ったことを実感するのだった。みほはそのごも運動会や遠足など、汗をかきそうな学校行事のたびに背中タオルしていた。女子のなかには面白がってまねる子たちもいた。

駅の改札で、リトフェットとロイリチカと落ちあう。ふたりとも目立っていた。とくに長身でグラマーなリトフェットに人びとの視線が吸い寄せられているもよう。ロイリチカはリトフェットの肩くらいまでしか身長がなく、ふたりが向きあうとロイリチカの顔の前にはリトフェットのふたふとしたバストがある。みほにはリトフェットの厚い胸はロイリチカを護るためのもののように感じられた。ロイリチカはきゃしゃでか弱そうで、お姫さまみたい。

「おはようみほ」

と、ロイリチカ。

「おはようふたり」

と、みほ。

三人で抱きあう。

リトフェットがみほとロイリチカの頭上からいう、「晴れてよかったですね この包容力、まるであなたが山みたいだよ！　と、みほは思ったけれど口には出さなかった。

山へ向かう電車は、座席が埋まていどには混んでいた。高尾ゆきの乗客はかっこうでわかる。カラフルなアウトドア・ウェアに身を包んだ高齢者のグループは声も大きくて元気で、若

者に席を譲られそうになると、プライドがあるのか拒んで座らなかった。
みほたち三人は並んでシートに腰かけ、ロイリチカが駅の売店で買ったチョコレートスナックをみんなでつまむ。ミシン目の入った紙のパッケージを、ロイリチカは宝箱か大切なオルゴールでもあつかうようにうやうやしくひらく。ただのお菓子を。みほは心惹かれるのを感じながらロイリチカを見つめた。

「おいしいね」
ロイリチカはお菓子をひとつ口に入れ、パッケージをためつすがめつして、「た、け、の、こ、の、くに」
と、リトフェット。
「日本のお菓子はほんとうにおいしい。形もパッケージもいい」
「コンビニ、大すき！」
と、ロイリチカは満面の笑みで。「毎日行っても飽きないの」
「うちの店にこない日は、ふたりどんなことしてるの」
「図書館に行ったり、遺跡ツアーに行ったり」
「あと、コンビニめぐり！　うふふ」
「じつは高尾山は二度めです」
「え、そうなんだ」

「夜に来て、ビアガーデンでビールしました」
「天狗キーホルダー」

ロイリチカはリュックについたキーホルダーの束を見せてくれる。仏像、天狗、十二支のけものたち、五重塔やお札のミニチュアのたぐい。

たときよりもあきらかに増えていた。

電車を乗りかえ、登山口に向かう。リトフェットとロイリチカは見るものすべてめずらしそうにしている。好奇心いっぱいの表情で、看板やベンチを撮ったり、販売機でなにか買ってみたり。思えば、バージンパンケーキのお客さんとして知りあった人と店の外で遊ぶなんてはじめてのこと。しかも外国の子たち。彼女らと一緒にいると体の中を清らかな滝が流れるような、心のもやもやが洗い流されてゆくような感じがする。

高尾山口はハイカーでいっぱい。夏の休日を朝から楽しもうという人たちにまじって、三人はベンチで準備を始める。みほはリュックからタオルを二本出し、一本を首に巻き、一本をロイリチカに渡して、

「これ背中に入れてくれる？ 肩のほうまで広げて」
「なあに？」
「おまじない」
「わたしもやりたい」

ふたりはおたがいの背中にタオルを入れあう。リトフェットはそのさまを写真に撮る。
「どのコースにする?」
リトフェットは地図をさし、「滝のあるコース」
「滝いいね」
みほはリュックのベルトをお腹の前でパチリととめる。
三人は周りの高齢ハイカーたちと抜きつ抜かれつしながら、山道を登ってゆく。体育が苦手なみほ。一学期は持久力の必要な科目はさんざんな成績で、明日太郎によればみほは典型的な運動不足の「こんにゃく足」なのだという。ふたりがすごく飛ばす人たちだったらどうしようと危ぶんでいたが、リトフェットもロイリチカものんびりとしたものだった、とくにリトフェットはうろのある木がすきらしく、見つけるとかならず立ちどまって写真を撮った。うろの中にロイリチカが天狗のマスコットをおいて撮影したり、お菓子を回しながら歩いたり、なんともゆるゆるの女子登山をしている。
それでも頂上が近づいて橋を渡るころには、みほは首のタオルで顔を流れる汗をふきながら、はあはあと口呼吸になっていた。
「ね、ね、ふたりさ」
みほは登りながら考えていたことをいってみる。
「来週は多摩川に行かない?」

「ああ、電車から見ましたね」
「どう？　お弁当持って。バーベキューでもいいけど」
ロイリチカはちょっと困ったような笑顔で、
「わたしたち、明日からつぎの町に行きます」
「えっ」
「ごめんね」
みほはううんと首を横にふりながら、思いがけない胸の痛みにおどろいていた。自覚していたよりも、ふたりをすきになっていたようだった。
「もっといるのかと思いこんでた。友だちに紹介したかったよ」
「ありがとう、しばらくはまだ日本にいるよ」
「旅のようすとか、どこかで見られる？」
リトフェットとロイリチカは顔を見合わせ、
「ううん……とくにそういうのはなくて」
「メールくれる？」
「はい、画像送ります」
「待ってる」
みほは息を切らせて、

「いつかあたしもロイリチカたちの国に行きたいな」
 滝のコースは木立の奥に沢を眺めて登る美しい道で、みほは目の前で揺れるリトフェットのジーパンのお尻や、その先にちらちらするロイリチカのスニーカーを見あげながら、はじめてふたりがバージンパンケーキに入ってきたとき、二匹のモンシロチョウが迷いこんできたみたいだと見とれたことを思い出した。旅人たちはうす暗い店内で、淡い光を放っているようだった。
 そうかと思えば、背中にタオルを入れられてうれしそうに笑っているロイリチカは、子どもっぽくて小かぶの精みたいとも思う。小かぶの精とは、小学校の学芸会で「大きなかぶ」のお芝居をしたとき、役の数が足りなくて先生が創作したそのた大勢できた役だった。みほも明日太郎も小かぶの精だった。白いセーターに白タイツ。ロイリチカみたいな可愛らしい小かぶだったら、主役を食ってしまうだろう。
 モンシロチョウ、小かぶの精、天使、宇宙人。このふたりを見ていると、そのたたずまいや表情をいろいろなものにたとえたくなる。
「みほ! 頂上よ」
 ロイリチカの声がずいぶん先から聞こえて、はっと顔をあげる。考えごとをしながら歩いていて、いつしか引き離されていた。頂上の展望広場の販売機で、リトフェットは地上よりずっと値段が高い缶ビールを買い、腰に手をあてて飲んでいた。その、朝の牛乳でも飲んでいるか

のようなポーズにみほは笑ってしまう。
「みほ三着！」
ふらふらと歩いてくるみほを、両腕をひろげてロイリチカが出迎える。みほは「はあ疲れた」と両手をだらんとさせるふりをして、抱きついてきたロイリチカの背中のタオルを一気にへ引き抜いた。
「キャッ！？」
ロイリチカはメロン色の瞳をまんまるにして、全身の毛が逆立っているのがみほにも伝わるような喜びの声をあげた。
「ヒャアーウ！ なに、これ！」
「気持ちいいでしょ」
「背中涼しい！」
「わたしもやって。勢いよくね」
ロイリチカがみほのタオルをシャッと引き抜く。みほもワアといって身をくねらせる。それをまたリトフェットはカメラに収める。
「帰りのコースはどうする？」
「おそばやさんのある道。みほにごちそうしたいの」
「お寺を通るコースですね」

三人はベンチに座って喉をうるおすと、山をくだる道へと向かう。寺に向かう道は幅が広くて三人並んでおりることができた。

みほは生徒手帳のカメラで、ロイリチカとリトフェットをたくさん撮った。くだりの道は足取りも軽く、あっけないくらいにすいすいと進んでしまう。ふたりといられる残り時間のリミットが迫ってくる。

山菜そばの店を出ると、やっと昼すぎというところなのにあたりは薄暗くなっていた。涼しい。見あげると木々の梢の先の空は灰色で、みほは「店あるわきょう」と思わず口走る。

「ね、これからうちの店に行こうよ」

「え?」

「街を離れるまえに、まぶさんに会っていきなよ」

「そうね……というようにリトフェットとロイリチカはうなずき合う。

「ラスト・パンケーキ、なににしよう」

と、ロイリチカ。

「わたしのプラネットを作ってもらおうかな」

と、リトフェット。

ふたりの反応に、みほはとりあえずほっとする。リュックの底にはいつなんどきバージンパンケーキがオープンになってもいいように、エプロンと三角巾を畳んで入れてある。

107

「うちはね、くもりの日だけお店をあけるの。ふしぎでしょ」

なぜ？　というふたりの表情にみほは肩をすくめてみせる。

「わかんない。まぶさんがむかしそう決めたらしい」

リトフェットはふーんと鼻を鳴らして、

「気圧の関係かしら」

「気圧？」

「くもり空の気圧が、彼女にはベストだとか」

「そうだとしたらすごい敏感。猫みたい」

麓から電車に乗り、国分寺に向かうあいだ、天気が変わってしまいやしないかとみほは車窓から空を見守った。朝の快晴っぷりがうそのようなくもり具合。でもこれいじょうにはならないで、とみほは念じる。雨になったらまぶが店をしめてしまう。

みほはいつもの道を、ふたりの背をぐいぐい押したいのをこらえて歩く。ぱっとのぞきこんだ路地にすこし早めのあんどんが出ているのを確認すると、やっと緊張がとけて顔がゆるむ。

「まーぶさーん、こんにちはー」

カウンターの中にはもうまぶがいて、みほを見てこくりとうなずく。みほの後ろからリトフェットとロイリチカがあらわれると、「いらっしゃい」とほほえんだ。

「三人で高尾山いってきました、おみやげです」

108

みほはリュックから天狗焼きの入った紙袋を出し、まぶに渡す。天狗焼きの湿気でしなしなになった袋をまぶは受け取り、
「一緒に遊びにいく仲になったと」
「それが、明日でお別れなんです。つぎの町に行っちゃうんだって」
まあ、とまぶはふたりを見あげて。
「さいごにまた来られてよかったです」
と、リトフェット。
みほはカウンターにテテッと駆けこみ、リュックからエプロンを出してすばやく身支度する。
「汗くさかったらすいません」
まぶはふたつに割った天狗焼きをもぐもぐ食べながら、「平気」
リトフェットとロイリチカはテーブルについてメニューを終わりのページまで丹念に読む。
「わたしのプライベート・プラネットをいただけますか」
「わたしは、思い出の果物のクリーム・ハンモック」
まぶはうなずく。
「じゃあ、あなたの思い出の果物を聞かないとね」
「思い出の⋯⋯」

ロイリチカはリトフェットを見あげ、「日本に来てはじめて食べた、あの柿」

リトフェットはうなずき、「すごく甘かった」

それきりふたりは、言葉にならないように見つめあって黙ってしまう。みほはおずおずと、

「あの……どうしたの？」

「帰ったら、ロイとわたしは離ればなれになるんです」

と、リトフェット。ロイリチカの髪をくしゃっとかきまぜ、「彼女は遠くの学校に行くことが決まっています」

「それは教師として、赴任するということ？」

と、まぶ。

「はい、さいしょは断ったけど。そこではわたしの力を必要としているって」

「今回の旅は、それで、思いきって長い休みをとって来ました。つぎにいつ一緒に遠出できるかわからないから」

「柿は日本ではじめて食べたの。忘れられない果物になりそう」

「そうだったの」

みほは大きなため息をついた。

入口のベルが軽やかな音を立てて、買物袋をさげた主婦ふうのふたり組が入ってきた。蒸し暑いといって、扇風機の風がよくあたる二番テーブルに座る。みほは水を運びながら、ふと、

リトフェットとロイリチカが入ってきたときにベルは鳴ったっけ？　と思う。オーダーをまぶに通すと、みほはリトフェットの横に座って、
「いまのお客さん入ってきたとき、ベル鳴ったの聞こえた？」
「うん？　そうね、鳴ったかも」
「ふたりが入ったときって、鳴った？」
リトフェットは思い出そうとする顔つきで、「それがどうかしましたか」
「うちの店のふしぎその二。あれ、バージンセンサー」
「え？」
「ふふ」
リトフェットとロイリチカはくすくす笑いする。
「どういうしくみなのかぜんぜんわかんないんだけど。まぶさんはそうだって。さいしょはランダムに鳴ってるのかなとか思ったんだけど……」
みほが説明していると、ロイリチカはなにか思いついたように、わきにおいていたリュックのキーホルダーの束をさぐりはじめる。
「どうしたの」
「あのね、このお店、まえからこうだったよ」

そういってロイリチカがキーホルダーの束から抜き取ったのは、銀色の方位磁針だった。N ESWと刻まれた文字盤のうえで、針がものすごい勢いで回りつづけている。
「ええっ?」
 みほの全身に鳥肌が立つ。おかしな声をあげてしまいそうなのを、ぐっと飲みこむ。
「一種の——そうね、わかりやすくいえば、エネルギースポット?」
 ロイリチカは、ぐるぐると回転していっこうに止まるようすを見せない磁石を見おろして、
「さいしょから、ここはそういう場所だと思っていたの」と、なんでもないことのようにほほえんだ。

4．シスター・マーブルと盛

鶴学園の図書室は、生け垣で囲まれた敷地の、南西の端にある。冬の西日が小さな窓からほぼ真横に差している。机のしたにはたっぷりと陰がたまり、ゆきかう学生たちは腰の深さの海を歩んでいるよう。シスター・マーブルはカウンター内の小部屋のパソコンの前に座り、ひとりの青年を待っていた。

「パールさんお見えです」

整理係アルバイトの学園OGが、ひょこっと顔を出した。シスター・マーブルがうなずくと、整理係と入れ替わりに長身のスーツすがたの青年が入ってきた。

「お待たせしてすいません」

「いえいえ、ご足労かけまして」

シスター・マーブルはいすをひとつ引いて青年に勧める。「お茶いれますね」

「どうも」

青年はぱきっとした笑顔を見せ、さっそくパソコンの画面に見入る。クリーム色のおだやか

な色調の、鶴学園の公式サイト。

「今回はどんな感じにしましょう」

「先日入試が終わりまして。その合格発表についてと……在校生向けに、新学期の教科書の購入について」

シスター・マーブルはポットの湯でハーブティーをつくり、ふたつのティーカップに注ぐ。レモングラスとアップルミント、カモミールの香りがせまい部屋をたちまち満たす。

「あとはいつもどおり学長から毎月の挨拶と、図書館の新着図書と、今月の新人スタッフの自己紹介、サークル紹介」

「はい、はい」

青年は手のひらに載るほどの薄く小さなコンピュータに、すばやくシスター・マーブルの言葉をメモしていく。長い指がキーボードのうえをさらさらとよどみなく走るのを、シスター・マーブルは見守る。

「どうぞ」

「いい匂いですね。いただきます」

シスター・マーブルは青年の横に腰かけ、

「トップページの色をピンクっぽくしてほしいと、広報からの要望です」

「春を待つ感じで」

つぎつぎと手の中のコンピュータに記録する。集中するとカップのふちをカチカチ嚙むのが、このパールネット社の営業マン、酒井盛(さかいさかり)のくせだった。子どもみたいだな、とシスター・マーブルはその涼しげな横顔を眺めている。
「じゃ、今月のお原稿ちょうだいします」
「はい」
シスター・マーブルは引き出しから校名入りのクリーム色の封筒を出し、盛に渡す。「たしかに」といって盛は封筒をかばんに納める。
「あと、画像はこれを使ってほしいの」
「これ、データでいただけたりは……」
「ないです」
「はい、ないすね」
「ごめんなさい」
「いえいえ」
月にいちど、このようにして鶴学園のサイト更新について打ち合わせる。学園スタッフはコンピュータの操作にうといものが多く、テキストはすべて手書きの原稿用紙、画像は写真の現物で渡している。
「アナログすぎてあきれちゃうでしょう」

いつだったかシスター・マーブルがそういうと盛は、「いや、新鮮でいいと思いますね。すくなくとも僕はここに来るの楽しみです。毎日何件も回りますけど、ほっとしますねここは…時間の流れが外とちがって」

「そう？　いまどき手書き原稿でいちいち面倒なんじゃないかって。完ぺきに機械が読みとります。字がおきれいなんで」

「まあそうですね。でもすぐテキストにできますから。完ぺきに機械が読みとります。字がおきれいなんで」

「よかった。一字ずつキーボードで入力してくれてる人がいるのかと」

まさか、と盛は首をふって、

「こういう手順でお仕事いただくの、ほんというと鶴学園さんだけです。課長がいってますこちらは長いおつきあいだから、このやりかたを望まれるうちはうちもそれに従わせていただくって」

「ありがとうございます。これからもよろしくお願いします」

シスター・マーブルが頭をさげると、盛もちょっとかしこまったように背筋を伸ばして、

「こちらこそ」

そして、いつも出したお茶やコーヒーをカップに一滴ものこさず飲み干して帰っていくのが、シスター・マーブルはうれしかった。

シスター・マーブルは鶴学園の寮に住んでいる。

寮には遠方に家のある生徒たちもおり、五十人ほどの女たちが共同生活をしている。生徒の部屋にはベッドと本棚と机、収納ボックスのみ。シスターの部屋にはさらに簡易キッチンがついていた。電熱線が渦を巻いたひと口こんろと、蛇口とシンクがひとつあるきり。この電気こんろが古くてなかなか温まらず、ミルクパンの湯が沸くまでに十分もかかる。

シスター・マーブルはこのしけたこんろでじょうずに焼き菓子を作るので、学園では有名だった。バザーのときには食堂の厨房を使って、お菓子づくりのすきな仲間のシスターや学生とともに大量の菓子を焼く。

「シスター、袖がほつれてる」

シスター・マーブルが寮の広間で夜のお茶のしたくをしていると、針箱をさげたシスター・レターがうしろから声をかけてきた。

「あとで縫ってあげましょうね」

「ありがとう」

息が白くなるほど寒い室内。寮は省エネを徹底していて、人が入るまえに部屋を暖めておくなんてことはしない。

シスター・マーブルとシスター・レターがテーブルを運び、輪になるようにいすをならべる。その周りにいすをならべる。卒業生の寄付で購入したペレットストーブに、火を入れる。

週にいちどの夜のお茶の時間は、シスターたちが「お母さんの仕事」と呼ぶ作業の時間で、縫いものや繕いものをしたり、小物の修理をしたりする。シスターの制服も自分たちで作る。シスター・マーブルは裁縫にかんしては不器用だった。仲よしのシスター・レターも、シスター・マーブルの縫った雑巾をしみじみとながめて、このクッキーを焼いたのとおなじ人が縫ったと思えません、と苦笑いする。

「わたしは何年やっても、お母さんの仕事はじょうずにならないね」

シスター・マーブルの服は、ほぼすべてシスター・レターやシスター・レモンに仕立ててもらったものだった。

「だから、私の縫った服を着てもらえます」とシスター・レターは笑う。

「こんなにおいしいお菓子を、お茶の時間のたびに用意してくれる。みんなほんとにありがたいと思っているのよ」

「思えばわたし、いつもお菓子のおかげで居場所があった」

「居場所？」

お茶の準備がととのった広間に、ひとり、ふたりと裁縫道具を抱えたシスターが集まってくる。しずかに会釈してすきないすに腰をおろし、思いおもいに仕事をはじめる。

「子どものころ、わたしがお菓子をつくるとね、ふだんはばらばらの母や弟や妹たちがテーブルに集まってきて」

「お父さん、おられないんでしたっけ」

「すえの妹が生まれてすぐに別れてて」

シスター・レターはうなずく。かんたんにわたしも顔はおぼろにしか……」

ころの家庭環境についても彼女にならかくさず話せる。ほかのシスターなら、「ごめんなさい、知らなくて」「つらいこと聞いちゃったわね」と取り繕うところを、軽はずみに同情の言葉を用いないシスター・レターが、シスター・マーブルはすきだった。

シスター・レターは袖のほつれを見ようとシスター・マーブルの手をとる。もう片ほうの手でぱちんと針箱をひらく。

「お菓子があると一家だんらんって感じだったな。母もたいていは働きに出ていなかったけど」

「そう」

「中学のときは、転校した先で友だちもなかなかできなかったけど、調理クラブで自己紹介代わりにスペインドーナツを作ってからは仲のいい子ができた」

「お菓子のあるところ、心のふれあいありね。お菓子で自己紹介ってすてき。スペインドーナツってどんなの？」

120

「星形のしぼり金でしぼった生地で、クルッと長めの輪にして。はちみつや砂糖をふって」

「あれね。堅くて、あの歯ごたえすき。想像したら食べたくなってくるわ」

「ふふ」

「はい、できました」

「ありがとう」

シスター・レターは、シスター・マーブルよりふたつ年上で、寮に入ってきたときは三十代になっていた。カトリックの女子校である鶴学園に中等部から通い、大学を卒業したらそのままシスターになったシスター・マーブルは、世間というものを自分とくらべてずっとよく知っているシスター・レターがほんとうの姉のように頼もしかった。

「シスター、パールさんまだなの?」

ベテランの貸出係が、帰りじたくを終えたかっこうで部屋をのぞきこむ。時計は六時に近づきつつあった。

「連絡ないから、じきにみえるとは思うけど」

「めずらしいね、あの営業さん遅れるの」

「なにかあったのかしら」

「それにしても」貸出係はストールが落ちてこないように肩で押さえ、キーボードのうえにひろげた原稿を見おろす。
「これのために毎度わざわざ来てもらうのもねえ。メールですむ話をさ」
「ええ」
シスター・マーブルはひかえめに笑う。
「聞いてる？　総務の子がいってたけど、こんど入ったバイトちゃんパソコンめちゃめちゃ強いんだって」
「そう」
「その子に話したら、こういう原稿も写真もぜんぶデータでやりとりできるって。常識だって。どんだけレトロなんですかって笑われちゃった」
「そう」
「そしたらパールさんに来てもらう必要なくなるし——そもそも、サイトの管理もまるごと、うちでやれちゃうかもしれないってよ」
「素人にできるもんなの？」
「うちのサイトの作りなんて私から見たって単純なものだよ。ちょっと詳しい子ならササッと更新できちゃうよ」
「そんなもんなのかな」

「そりゃパールさんは商売だから、そんなことというわけないよ」

「うん」

シスター・マーブルはちまちまと、黒いカーディガンの裾の毛玉をいじって。あの営業さんハンサムですきだけどさあ、と貸出係はストールを七宝焼きのブローチでとめる。彼女は図書室のスタッフでゆいいつ、シスター・マーブルが敬語を使わずに話す存在だった。

「経費節減ってうるさいじゃない。図書も予算削られまくって……うん、そうだ。もうサイトの外注やめよって、私いおうっと」

いいことをひらめいたというように、貸出係の目がきらりとする。シスター・マーブルは気分が重くなるのを感じた。

「ほら、そうこうしてるまに。閉館時間」

「電話してみる」

学園サイト画面のパソコンの前で、シスター・マーブルはアドレス帳を繰りはじめた。「パールネット・酒井」の番号を見つける。受話器をとってボタンを押しかけ、盛の携帯電話に電話するのははじめてだと気づく。とりこみ中じゃないだろうか。迷惑じゃありませんように。七回コールして、もう切ろうかと思ったところに、

「はい、酒井」

いままで聞いたことのない、けだるく枯れた声に、シスター・マーブルは一瞬なにをいうか忘れてしまう。

「——あ、鶴学園です」
「すみません！　ご連絡しようと思ってて」
「どうかされましたか」
「えー、あの、申しあげにくいのですが」
「ええ」
「いま病院を出たところで」
「酒井さんが？」
「はい、そちらに向かうとちゅうで倒れかけまして。近くの病院で点滴しました」
「え、だいじょうぶなんですか」
「点滴したらもう。いまからお伺いしてよろしいですか」
「あの、もうここは閉めてしまいます」
「そうですか……すいません、せっかくいろいろ準備してくださってるのに」
「体のほうが大切ですよ。また日をあらためましょう」
「あ、待ってください」

盛はしばしの沈黙ののち、

「いまから、シスター、出てこられますか」
「え」
「もう駅までは来てるんです。あの、古本屋のとなりの喫茶店など」
「え、えっと」
「無理でしょうか」
「あ、あの」
 それはいろいろとはじめてのことだ。机のうえのクリーム色の封筒に目をやり、これを渡すだけなのだから、とシスター・マーブルは自分にいい聞かせる。
「駅前の古本屋は、三軒ありますが……」
「なんというか、いちばん暗い感じのとこです」
「地蔵堂ですね」
「そうそう、地蔵堂書店」
「十分ごにうかがいます」
「はい、そのとなりの、ニードルという店です」
 受話器をおく手が震えて、がちゃりと硬い音をたてた。封筒を胸に抱き、壁につるしていたコートを腕にかけて図書室を出る。冬の午後六時はすでに冴えざえとりっぱな夜の空。駅前に

出るあいだに何人かの学生と出会い、あいさつを交わした。ほかのシスターたちには会いませんようにと念じている。広報の仕事でちょっと会うだけだ、といいわけしている。貸出係との会話を思いだす。もうパールネットに頼むのはやめるかもしれない。

「はあ」

息が白すぎるし、クリーム色の封筒も黒いコートに抱えるといやに目立つ。ブーツの先には湿っぽい雪がくっつき、ぼんぼりのよう。

ニードルの存在は知りつつも、入ったことはなかった。道路に面しているのはギンガムチェックのカーテンがかかった小さな窓だけで、入口がどこかさえわからずに右往左往していると、店の裏から盛が出てきた。

「こっちです」
「すみません」

なんともわかりにくい場所に、ランプの灯った小さなドア。シスター・マーブルがけげんそうにランプを見あげていると、
「僕もわかりませんでした。変わった造りですよね」
といって、古く重そうな木のドアをひらき、中へ、というようにほほえむ。だいだい色の光が外へあふれだし、シスター・マーブルのコートの裾を照らす。一歩踏みこむと、山小屋風の

店内だった。山のタペストリーが壁を飾り、天井の梁には古いリュックや登山靴が並んで。シスター・マーブルはさっと店の中を見まわす。近所の大学の男子が三人で大盛りのスパゲティーを食べている。客はそれだけだと確認すると、シスター・マーブルはやっとすこしほっとした。

「すいません、腹へってて」

盛が座った壁ぎわのテーブルには食べかけのナポリタンがあった。シスター・マーブルはその向かいに座る。

「シスターは、いかが」

と、マスターの手書きメニュースタンドをシスター・マーブルに向ける。

「わたしはいいです。紅茶を」

「どうですケーキでも。ごちそうしますので。うまそうですよ」

「けっこうですから」

ぴしゃりと、自分から出た声の冷たさにすこし驚きながら。「あの、さっそくですけどこれ」

「ありがとうございます、ほんとすみません」

盛は封筒を受けとる。

「病院に行かれたというのは」

「まあちょっと、栄養補給に」
「お仕事たいへんなのですか」
「同僚がつづけて退職しまして。というか、やめさせられて。僕は残って四人ぶんの仕事を」
盛はフォークの先でナポリタンをぐりぐりと、小さな台風のように巻き、ぱくりとひと口で食べる。こんなに大きく口をひらいたり、頬がふくらんだり動いたりするものなのか。はじめてみる、とシスター・マーブルは胸の奥ふかくでつぶやく。盛がものを、食べるところ。
「もう限界かなあ……」
もぐもぐしながら盛はそういい、「ぐちってすみません」
「いえ。そんな中で来ていただいて、ありがたいというか、お仕事を増やしてごめんなさいというか」
「いいんです」
盛は強い口調でいった。
「ほんと僕、鶴学園さん行って、シスターがいれてくれるお茶飲むだけが楽しみだったんで」
シスター・マーブルの前に紅茶が運ばれてくる。
「お茶だけじゃないんですよね」
「え?」
「シスターが焼いたお菓子、食べたことあるんです僕」

128

「いつでしょう」
「シスター・レター? 図書館の帰りに玄関でちょっとあいさつさせてもらって、そのときクッキーもらいました。あなたが焼いたものだって」
「そうでしたか」
シスター・マーブルは紅茶に口をつけられずにいた。手がふたたび震えだしている。いまカップにふれたら、かちゃかちゃと鳴らしてしまいそう。
「あれ、おいしかったなあ」
盛はうっとりと。
「酒井さん、もうお帰りになったほうのでは。早く休まないと」
「点滴ってすごいんですよ。液が体に入りはじめたらみるみる元気になってくのがわかるんです。うちのやつらの頭には、営業ルートの点滴できる病院マップができてますよ」
「まともじゃないと思います」
「僕も思ってます。みんな思ってます。ずっとまえから」
そういって盛は黙りこむ。壁には外国の山の写真らしきポストカードが何枚かピンでとめてあり、盛は頰づえをついて、黄ばんだ写真に視線を落とす。その伏せがちな目の角度にひやりとする風のような力を感じ、ミスター・マーブルはかすかに身ぶるいした。スーツの袖口からのぞくうすいブルーのシャツと、手首と時計の鈍いシルバー。きれいな爪。

とても遠い世界の、完全なバランスのようなものを見る思いがする。こんなに美しい人が、どうして、手をのばせば触れられそうな近くにいるのだろう。シスター・マーブルは、シスター・フリルに習った「写真の手ぶれのおさえかた」を思いだして脇をぎゅっと締め、そっとティーカップをもちあげ、ぬるくなった紅茶を飲み干した。
「きょう、ここにむかうとちゅうに社から電話がありました」
 ふたたび話しはじめた盛の声は、さっき電話に出たときのざらっとしたあの声だった。シスター・マーブルは胸を押さえてうなずく。
「来月異動が決まったと……」
「酒井さんが」
「内勤になります」
「まあ……というと、来月から別のかたが来てくれるのですか?」
「いえ、もう営業が行くことじたいなくなり……僕が毎月うかがって相談してたことを、こんごは事務の者とメールでやり取りしてもらうことになります。鶴学園さんにはずっといまのままでいってたんですが」
「そうですか」
 ふたりのあいだの、からっぽになった食器たち。めったに外食をしないシスター・マーブルにはこんな光景も新鮮だった。ティーカップのわきにおいたレモンの輪切りを見つめていると、

盛がぽつりといった、

「で、もう会えなくなる、と」

シスター・マーブルがあいまいな笑顔を浮かべると、盛は視線を合わせてしずかにたずねる、

「どう思いますか」

なんていえばよいというのだろう。真っ白になってしまった頭で。

「よかったですね」

とっさにそんな言葉が出た。絶句している盛にシスター・マーブルはたたみかけるようにいう、

「毎月来てくださるのもお疲れの一因だったと思いますし」

「シスター」

「うちのスタッフがいってたのですが、もしかしたらパールさんとのおつきあいを終了することになるかもしれないって。ですから」

「ですから？」

「いままでのやりかたでは限界だということですね、そちらも、こちらも」

「それで」

盛の声にぴりぴりしたものを感じると、よけいに言葉が滑り出てしまう、「だから、これでよかったんだと」

131

わたしなにをいってるんだろう。わたしの心はどこにあるんだろう。喋ればしゃべるほど遠ざかる。失敗しているということだけはわかるのに。
「あと一回だけ、伺います。原稿をお返しに」
盛はそういうと伝票をつかんでいすを立った。がたんと音がして、チャコールグレーのズボンの脚が大きく動くのをシスター・マーブルはうつろな目で追った。

分厚いカーテンの降りた、シスター・マーブルの部屋の窓。机には、読もうと思って準備したラテン語の聖書と辞書。コーヒーは冷めかけていた。
学校の外で盛と会うべきではなかったのかもしれない。ニードルでのひとときが、シスター・マーブルの胸を占めつづけている。
楽しすぎた。
生まれてこのかた、あんなに楽しいことはなかった。
盛をいら立たせたままの別れになってしまったにもかかわらず——いや、彼がいら立っていたからこそあかあかと燃えるような気もちがするのだと、自分の心がはじめての動きかたをするのをシスター・マーブルは感じていた。
あの日のニードルにはすべてがあった。明かりと食事、あたたかい紅茶。疲れている盛と、

132

盛になにかを与えられる、らしい、自分。なにもかもがいきなりはっきりして、花火のように急速に終わってしまったあの時間。
「で、もう会えなくなる、と」
あの青年にあんな表情と、声と言葉をもらえたこと。
そのことだけで数年はうっとりして暮らせそうなくらい。
シスター・マーブルはドア脇のキッチンの電気こんろをつけた。鍋をかけて水を入れ、コンソメの素をひとつ落とす。ひと煮立ちしてブロックが溶けると、ベーコンの角切りと刻んだセロリを入れてさっと煮こむ。キッチンマットを敷いていても、くつしたを三枚重ね履きしても、ずっと立っているところ底冷えがする。木のさじで味見。シスター・マーブルは目をとじて、食道から体の深いところへ熱い液体が流れていくのを感じた。盛の声、盛のまなざしを色にたとえたら、このブイヨン・スープのような黄金色だろうと思う。
もっと話してほしい。彼に。彼自身のいろいろなこと。
どうしていまの会社に入ったの。どんな学生だったの、きょうだいとともに育ったの、どんな場所で、なにがすきで。どんな本を読んで、どんな曲を聴いて。
シスター・マーブルは夢を見ているような心地で、フランスパンをちぎってスープに沈め、とき卵をからめて火を通し、ふわりとさせた。火を止めて立ったままでスープを飲む。これは彼の声。彼の目の光。するどい風を起こすような。わたしたちは生きているのだということを、

盛はあの喫茶店で教えてくれた気がする。

「パールネットの人と外で会った?」

シスター・レターの口を、シスター・マーブルは両手でふさぐ。

「しずかに」

「ごめんなさいね。びっくりして」

シスター・マーブルはシスター・レターの肩を押さえ、いすに座らせる。そしてストーブに火を入れる。夜のお茶には早いこの時間、広間にはふたりだけ。

「でも、広報の仕事で、でしょう?」

「原稿を渡しただけ」

「ならそんなに気にしなくても、といいたいところだけど。気になるから私に話すのですね」

「シスター。わたし、どうしたらいいか」

「あなたは、中学からここだって、いったわね」

シスター・マーブルはうなずく。

「お母さんは女手ひとりで、あなたを私学に通わせた、大学まで。あなたはお母さんのがんばりをずっと近くで見てましたよね。きっと、すごくまじめな学生時代だったと思います」

134

シスター・レターは目をとじて、思いをめぐらせるように。
「そしてそのまま大学を出てシスターになり、学園に残った。純粋培養とはあなたのようなひとのこと」
「はい」
「私みたいにいちど世間を知ってから、ここにもどってくることもできるわ」
「どういう意味ですか」
「そしてそれは主への想いも考えも、強く、深くしてくれると思います」
子どもに聞かせるように、シスター・レターはひとことずつゆっくりといった。言葉を受けとめきれないように、シスター・マーブルの視線が泳いでいたから。
「私には正直な気持ちを、いつも教えて」
シスター・レターは席を立ってストーブにむかう。「ぜいたくね、消すわ」
節約の心には、がらんとした部屋であかあかと火が燃えているのはどうにも落ちつかないのだった。シスター・レターはもどってくると、あごに指を添え、すこし考えて口をひらく。
「あなたが本音をいいやすいように、私もだれにもいってないことをいいます」
「えっ」
「私には離婚歴があります。息子もいます」
まあ、とシスター・マーブルは口を手で覆った。離婚歴も、子どもの存在も、規則やぶりだ

った。
「近く、息子に会いに行こうと思ってるの」
シスター・レターは苦しげに息をつき、
「この春、中学生になる」
「そんなに大きかったんですね」
「会いたくて、会いたくて、おかしくなりそうだった」
シスター・レターは壁に掛かっている、シスター・トラの織ったタペストリーに目をやる。織物の中では、賢者たちが藍色の夜空の金の星を見あげて。
「会えなくてもこっそり見るだけでも。私、息子に会うことをもとの夫から禁じられていて。ほんとうにだめな母親だったから」
悲しそうな笑顔をして、「私たちは不良ですね」とシスター・レターはいった。

〈十七時半・パールさん来館〉
盛が来ることも、消耗品の納品がある日も、図書部会や奉仕部の日時も学校行事もすべて、おなじペンでおなじ筆圧で手帳に書いていた。ほんとうは金色のペンで彼の名を書き、その日付の枠はピンクのペンで囲いたいくらいなのに。

どこかに手帳を落としたり、だれかに見られたりしたときのためにそうしてきたのだと、シスター・マーブルはこの数年の自分の行動の理由をはじめて自覚した。
すべては知られないために。
なんて臆病で周到な自分だろう。
それほど徹底していても、手帳をひらくたびにその日付を見つめるせいで、文字の色が変わってしまっていないかと、おそれは尽きることがない。
「シスター」
図書カウンター裏の小部屋に、整理係が顔をだす。
「きょうってパールさん来ますよね」
「ええ。きょうでさいごです」
ですよね、と整理係は腕組みして「あの人来なくなるの、さみしいですね」
「そうね」
「でも、じつはこれですっごい経費へるみたいですよ」
「そう」
「パールさんに払ってたぶん、バイトちゃんにボーナスあげなきゃですよね」
整理係が離れていくと、シスター・マーブルはそのまま体を折り曲げていすに沈みこむように座った。

盛のいろいろな表情、交わした言葉の数かず。走馬燈というのはほんとうだ、と頭のどこかに冷静に考えている自分もいる。

お菓子をあげよう、というアイデアが目の前の闇をするどく照らす。シスター・マーブルは立ちあがり、足がもつれるような感覚にこわごわと一歩、二歩とふみだす。地に足がつかない、という比喩もほんとうだ、とかみしめる。

お別れだから、お菓子をあげよう。

シスター・マーブルは寮へと走り、食堂の冷凍庫の片すみに入れてある保存容器をひっぱり出す。いまあるのはこれだけ。ラップに包んだパンケーキ。それを二枚つかむとランチクロスに挟んで寮を出る。

図書館にもどると、カウンターから貸出係がふしぎそうに、「パールさんみえてるわよ、シスターどこ行ってたの」

小部屋には、立ったままパソコンの画面を見おろしている盛がいた。

「ごめんなさい、お待たせして」

「いえいま来たところで」

光を、放っているようだ。

この若者は。

シスター・マーブルはぼんやりと思った。盛の体がいつにもましてまぶしく見え、いつもよ

り強く存在している感じがした。
「そのご、お体いかがですか」
「そのせつは、恥ずかしいところをお見せして」
「おかけください」
会釈して、盛はいつものいすに座る。
「お茶いれますね」
「はい」
と、満面の笑顔で。
そんな顔しないで、手もとが狂いそう。シスター・マーブルはやっとの思いで青い花の紅茶をいれる。カップを差しだし、「どうぞ」
「いただきます」
盛は両手を合わせる。
「先月のお原稿お返しします。あといままでお預かりしてた資料」
「ほんとうに、長いことお世話になりました」
シスター・マーブルは封筒を受けとり、ふかく頭をさげる。
「ほんとうはわたしだけなんておかしくて、学長からも直接お礼申しあげるべきなんですが」
「いえいえ」

盛はにこにこして、ありがたそうにカップを両手で包む。
「で、あの」
「はい」
「来週早くに、正式に、うちの総務課からご連絡さしあげると思いますが」
「ええ」
「こないだフライングでちょっとお話ししたこと、ほんとになりました。パールさんとの契約を終了するって」
「それは、どこかに」
「いえ、サイトの管理をこれからは内部ですることになって」
「人を雇ったんですか？」
「ふつうに総務のバイトで入った子なんですが、パソコンに詳しいらしくて……あ、ごめんなさい、もちろんパールさんみたいなプロの仕事ができるってわけではなく」
シスター・マーブルは口ごもり、「節約が、うえからきびしくいわれてて」
「うちもおなじですよ」
部屋のすぐ外をがらがらと、返却された本を積んだ台車が行ったり来たりする。閉館十五分まえの放送が流れる。
盛は小さな部屋を見まわし、「ああ、ほんとにさいごなんだな」

そういって指の背でパソコンモニターを愛おしそうに触れる。全身の皮膚がざわざわとさわぎ、シスター・マーブルは思わず自分の肩を抱き、二の腕をさすった。
「きょう来るのもかなり怪しまれたんです。なんであの学校にそんなに行きたがるんだ？　って。書類なんか送ればいいだろって」
シスター・マーブルはランチマットをひろげ、パンケーキを取りだす。「いかがですか、お時間あれば」
盛はきょとんとして、目の前にさしだされた凍ったパンケーキを見つめる。
「いま、召しあがるなら、レンジで温めます」
「あ、食べ、食べます」
シスター・マーブルは食器棚のうえのレンジに二枚のパンケーキを入れ、温めボタンを押す。ジーン、と電子レンジの音だけがする。
「お菓子をほめてくださったので。さいごに召しあがってください」
貸出係が飛びこんできて、ふたりを見てちょっとおどろいた顔をする。え、いま、なんでレンジ。しかし室内のはりつめた空気を感じたのか、壁のコートとバッグをつかむと、「お先」と小声でいい、出ていった。
シスター・マーブルはパンケーキを皿に載せて果物ナイフで切り分ける。フォークを添えて渡すと、盛は言葉をなくしたようにまばたき、うやうやしく皿を抱いた。

シスター・マーブルは空のカップに紅茶をそそぐ。

「お口に合いますか」

「うまい」

気絶しそうだ、というような盛のオーバーな表情にシスター・マーブルは笑う。

「レンチンで、こんなに柔らかいパンケーキが」

「ありがとうございます」

「ありえん。うまい。ほんとにうまいよ」

震える声を出して、ふざけているのかと、シスター・マーブルは盛の顔をのぞきこむ。盛はほんの一瞬泣いたのかもしれなかった。

「パンケーキ屋さんになったらどうです、シスター」

「ええ？」

「おれ毎日食べに行きます」

さざなみのような振動がシスター・マーブルの体を包む。高いところから声が聞こえた気がして、思わず顔をあげる。

「毎日これが食べられたら……最高なのにな」

盛は空になった皿を、惜しむように見おろしていた。

日曜の礼拝が終わり、参列者がコートや帽子を手に教会を出ていく。礼拝には学園の生徒と家族、職員のほかに近隣の信者もやってくる。シスター・マーブルは扉のわきに立って帰ってゆく集団を見送る。春の遅いこの街でも、人びとの装いがすこしずつ軽やかになってきている。真冬のコートを着ている人は、もういないような。

「シスター」

おどろくべき声に呼びとめられて、シスター・マーブルは飛びあがりそうになる。教会の中から盛があらわれた。

「礼拝に参加してみましたよ」

「いらしたのですか」

「うしろのすみっこあたりにいました。いちおう、信者ってわけでもないし遠慮して……。気づきませんでしたか」

シスター・マーブルは胸をおさえてぶんぶんと首を横にふる。

「びっくりさせました」

「ええ、かなり」

「幼稚園はカトリックでしたよ。意味もわからず神さまの歌うたったりしてましたが」

と盛はいい、あたりを見渡して、「シスター、お話できますか」

「お話って」

盛のきらきらした瞳が、シスター・マーブルをおそれさせる。

「困らないでください。シスターのお茶を一杯いただけたらおとなしく帰ります」

「ええと……」シスター・マーブルは校庭を指さし、「向かいの、ロビーでなら」

どこでも、というように盛はうなずく。

ロビーは、壁も床も、微妙に色味のことなるブルー系のタイルを敷きつめた真っ青な空間だった。

「あそこに」

シスター・マーブルが木製のベンチを指し、盛とならんで腰かける。

「お茶をおもちしましょう」

立ちあがろうとしたシスター・マーブルの手首を、盛はかるくつかむ。

「ここにいてください」

シスター・マーブルはびくっとして手を引っこめる。

「すみません。どうしたらあなたに会えるか考えて、このくらいしか思いつかず」

「…………」

「退職することにしました」

「えっ」

「もうあなたに会える楽しみもないと思うと、ほんとうに、朝起きることもできなくなって」
古い建物の中は、学生たちがいないときには時間が止まったよう。盛はコートのポケットに両手をつっこみ、「神さまはこの会話も聞いてるんですか」
「酒井さん」
「罰は僕が受けるんで。シスターはすこしもわるくない。シスターはわるくないぞ、と叫びたいです」
「ここではやめてください」
「あはは」盛は乾いた笑い声をたて、「寒いですよねここ。手早く切りあげますよ」
グレーのジャンパースカートに黒いカーディガンを着たシスター・マーブルを、盛は目を細めて見つめる。
「いちどだけいいます。シスター、ここを出られませんか」
「ここを、出る」
「一緒に店をやりませんか。シスターがお菓子やなんか焼いて、おいしいお茶をいれて」
心臓が止まりそうになる。シスター・マーブルの顔は蒼白になっていた。
「おれも手伝うんで、どうでしょう」
「小さい店をもてるくらいの蓄えはあります。不動産屋、ここに来るまえにちょっとのぞいてたら、いい感じでした。などと盛が話す言葉のはんぶんも、シスター・マーブルの耳には入って

こない。めまぐるしく回転する現実に、この学園のゆるやかな時間に慣れきった心も体も反応しきれない。

シスター・マーブルの目の前には、青い空間も盛もなく、目にもとまらぬスピードでまわる光の渦だけがある。いままで想像したこともない世界の気配が、シスター・マーブルのまわりをめぐる。まったくの、よそ。別の宇宙のように思っていたものが、すぐそばまで轟音とともに迫ってきているのを感じる。

盛はコートの内ポケットから手帳を出し、ペンで書きつけたものをやぶり、「これを」とシスター・マーブルにさしだす。シスター・マーブルは硬直している。盛は彼女の手をとり、優しい力で指をひらかせ、折りたたんだ紙切れをにぎらせた。

「今月末までこの番号は生きています。お返事ください」

盛は立ちあがり、ふりかえることなく、ガラスのドアを押しあけて冬の終わりの風の中に出ていった。

シスター・レターの名前が寮の名簿から消えたのは翌週のことだった。シスター・レターの去ったあとの部屋を、両どなりに住むシスター・マーブルとシスター・レモンが掃除することになった。

146

シスター・レターってなに考えてるのかさっぱりわからなかった、とシスター・レモンはいった。

「もちろん、あまり過去をあれこれ聞いたりはしないものだけど」

「そうね」

「シスター・マーブル、なにか聞いてた？」

「いいえ」

「そう……あなたとは仲がよさそうにみえたのに。学長は事情を知ってるみたいなんだけどね」

シスター・レモンは、シスター・マーブルより六年先輩で、同じように大学を卒業してシスターとして学園に残った。おしゃべりがすきで、私語が多いと先輩シスターによく注意されている。

「どうして出てっちゃったのかなぁ……」

シスター・レモンは世界をふしぎがる子どものようにつぶやき、酢を水で薄めたスプレーを窓ガラスに吹きかけ、古着を切ったぼろ布でぬぐった。

シスター・マーブルはぼんやりしていることが多くなった。

盛の言葉のひとつひとつが銀の珠に結晶して、シスター・マーブルの胸の内側でころころと転がりつづけた。おなじ場面を、おなじ言葉を、おなじ表情をあまりにもなんども思い返しすぎて、うっかりすると人前で、盛の言葉をその口調もそっくりに口走りそうになる。夜に眠れず、そのまま、朝の勤めから一日をはじめてしまう。午後にうたたねをし、また眠れぬ夜をすごす。曜日の感覚がずれていく。

盛が待つといったさいごの日だと思って、夜明け、シスター・マーブルが紙片の番号に電話をすると、この番号は使われていない、という音声が流れた。シスター・マーブルは部屋を飛びだし、さまよいでそうな魂を押さえるように、口に手を当てて廊下を走る。階段をおりると、寮の玄関のドアのしたに差しこまれている新聞がナイフのように光って見えた。近寄っておそるおそる日付をみると、四月一日になっていた。

*

「これが冗談みたいな、この店のはじまりの話」
　まぶはそういうと、すみれたばこの煙をぷかりと吐いた。
「シスター・マーブル！」
　みほはまぶの顔を指さす。まぶは「人の顔ささない」とたしなめる。

「すげー、すげーわー。くらくらする」

と、久美は額を押さえ、「盛はどーしたんすか、盛は」

「さあねえ」

久美は信じられないというように、「さあねえって。まぶさん、執着なさすぎ」

店内にほかに客はなく、カウンターだけに聞こえる音量でバッハのオルガン曲が流れる中、

「それよか、卒業ごの進路にシスターになるって選択肢があることのほうがおどろき……」

と、みほ。まぶはたばこを灰皿に押しつけ、

「いまはどうかわからないけど、わたしのころはまだ、卒業生のうち何人かはそのまま残ってシスターになっていた」

「信じられん」

「でもあの、盛さんとはそれからほんとになんにもないんですか。まぶさんがこの店やってることも、彼知らないんですか」

「そうね」

「そんなあ」久美は体をくねらせて、無念そうに「だってだって、シスター・まぶさんは、盛のいうとおりパンケーキ屋さんになったのにぃ」

「へんな話に聞こえるかもしれないけど」まぶは小さく笑って、「わたし、わたしとあの人が一緒にやってる店がどこかにあると思うんだよね」

みほはまぶの顔を見つめた。まぶのとなりに盛が立っているのが、ありありと見える気がした。長身で、笑顔がきれいで、まぶと同じように歳月を重ねた男のすがたが。
「まぶさんと盛さんのバージンパンケーキ、はっきり思い描けます」
「ありがとう」
「あたしも、空想したって切ないだけじゃん！」
見つめ合うみほとまぶのあいだに割って入るように、久美がうめく。
「いまから探しましょうよ、盛を！　まぶさんはほんとに盛のいうとおりにしたんだって、伝えましょうよ！」
「惜しい？」
と、みほは久美に聞く。カウンターの中に入り、グラスを磨きはじめたまぶを手伝う。久美はカウンターに突っ伏して酔っぱらいのように、
「惜しいよー、惜しい！　あたしだったらどんな手使っても盛の消息つきとめる」
「そんなことしたら、まぶさんじゃないよ」
「なにみほ、えらそう！　なにさまのつもりか」
きゃあきゃあ騒ぐ声を背後に聞きながら、まぶはしずかに笑っていた。棚にならぶグラスがその顔を小さく、きらきらと無数に映しだす。

外はすがすがしいくもり空。戸口に立てた黒板には、皿に一枚きり載ったプレーンパンケー

150

キのイラストがあった。本日の日替わりは、〈素朴な温かさ　レンチンパンケーキ〉

５．陽炎子と虹輔とわるつ

虹輔の焼いてくれるホットケーキは、友だちのママが焼いてくれるのより、こげてるし、形もへんだけど、いちばんすきだ。
虹輔はひょうたん形のホットケーキを裏返し、フライ返しでうえからぎゅっと押さえつける。
「押しつけちゃだめだよ！」
陽炎子がすかさずいうと、虹輔は「あちゃー」という顔をして、「ごめんごめん、いまの取り消し」
「取り消せないよォ」
虹輔は、むかしバイトしていたお好み焼き屋でしみついたクセがいつまでも抜けないのだった。陽炎子はいままで何度、ぎゅっと押さえてしまってつぶれたホットケーキを食べたかわからない。
陽炎子が自分でひっくり返すといっても、虹輔はゆるしてくれない。中学生になるまではガスの火やホットプレートには触らせないという。陽炎子のふっくらとしてまっ白な手にまんが

いちゃけどでもさせたら、お母さんに顔向けできないからだよ。陽炎子は父親のその言葉が聞きたくて、ときどきわざと自分で料理するふりをしてみた。
「はい、ひょうたん」
虹輔は、陽炎子の皿に大小ふたつつながったホットケーキを載せる。
「つぎはやっこさんの形にして」
「えぇ？　狙ってやるのはむずかしいな」
虹輔は汗をかきながら、ホットプレートに落としたケーキのたねをお玉のふちでひろげ、折り紙のやっこさんの形にしようとする。
「なんかへん……」
陽炎子はぽつりという。ひろげているうちにたねが固まってきてしまった。やっこさんの手にするたねが足りなくなり、ひょろひょろとして幽霊のようになる。
「……これはあれだな！　やっこさんと見せかけて、北海道だな！」
「ほんとだ、北海道みたいな形になった」
陽炎子がゆるしの笑みを浮かべると、虹輔はほっとしたように。
「メイプル風シロップの、風ってなに？」
「メイプルシロップっぽいけどそうじゃない、ってことさ」
陽炎子はホットケーキミックスの箱に入っている、シロップの袋をじっと見つめる。

「そうじゃないってことをわざわざ書いてるの？」
「んー、そうだね」
「こんなの書かないほうが、ほんもののメイプルシロップだと思いながら食べれるのに」
「それだと人をだますことになるからなあ」
「じゃあさいしょから、ほんもののメイプルシロップをつけたらいいじゃない？」
「うーんん、それがそうできないのが大人の事情ってやつで」
納得いかない娘の顔に、「陽炎子はだんだん質問が鋭くなってきて困るな」
「どうして困るの？」
「お父さん学ないからな、そのうち答えてやれなくなるんじゃないかと」
「そんな心配しなくていいよ」
陽炎子はホットプレートのそばに頬づえをついて、ひっくり返されるやっこさんを見つめる。
「お父さんにしてあげられるのは、陽炎子にほんもののメイプルシロップがどんなんか、食べさせてあげることだな」
「やったあ！ 食べてみたい」

土曜の午後はこうやって、会社が半ドンで終わった父がいそいそで帰ってきて、年季の入ったホットプレートで焼きそばや、お好み焼きやホットケーキを焼いてくれる。
このまま時間がとまってほしいと願うくらい、陽炎子は虹輔とのホットプレートの時間がす

きだった。
「遅刻の理由は？」
 二時間ご、陽炎子は倉田わるつ先生の屋根裏部屋の十畳間に正座させられて、いた。
 部屋には西向きの窓がひとつしかなくて、窓に面した机に先生は座っており、そのはるか背後に小さな折りたたみ机があって、陽炎子がいる。
 古い家や家具にしみついた湿気と、墨汁のにおい。先生の長い影のさきに陽炎子は正座していた。まだ道具の入った赤いお習字バッグをひらくことすら許されていない。
「理由は？」
 わるつ先生は、柱も梁もびりりとしびれるような声でもういちど聞いた。子ども相手にこんなにこわい声をだす大人を、陽炎子はこの老女よりほかに知らない。
 陽炎子はびくびくしながら、「ホットケーキを食べてました」と正直にいった。どんな嘘をついても見破られて、何倍も怒られてしまうのがもうわかっているから。
「聞こえない」
「お父さんとホットケーキを食べてました！」
 陽炎子の高い声が、三角天井の屋根裏部屋にひびく。

「またそれか」
「そのあと、メイプルシロップを買いに行って、遅れました」
土曜の午後はわるつ先生の書道教室があるのに、虹輔はそれを忘れがち。さっきも、いまからメイプルシロップを買いに行こうといいだし、もう家を出なければいけない時間なのに、陽炎子はそういえずについていってしまった。父が一緒にいられるのはほんとうに、一週間でもわずかな時間だったから。

「あの、わたしが、メイプルシロップ風ってなにって、聞いて……」
陽炎子の弁解を、わるつ先生はだまって聞いていた。その表情は、陽炎子がきょうは泣かずに終わりまで説明できたことを、まずは認めてくれたようだった。わるつ先生は子どもが泣こうがわめこうが手をゆるめたりしない。そこが学校の先生とまったくちがって何百倍もこわい。
陽炎子の友だちは、筆巻きをひらいて筆を洗い忘れたことに気づいた瞬間、アッと小さな恐怖の声をあげた。あわてて墨に筆先をひたしてほぐし、字を書きはじめるが筆跡ですぐにばれてしまう。わるつ先生は冷ややかに「あんたやる気ないな」「そんなことありません」「やる気あって道具がこれか」「すみません」「きょうは書けないな」「どうしたらいいですか」
「自分で考えろ」
友だちは震えながら三十分、陽炎子の横で正座していた。墨にひたしたままの筆はすこし柔らかくなっていて、やっと一枚書いてその日の提出とした。

158

その子はすぐに別の教室に通いはじめた。そこでは洗面所のお湯で筆を洗わせてくれるし、新聞紙ではなく専用の吸いとり紙も貸してくれるという。忘れものをしてもちょっと注意されるていどで、音楽をかける部屋で和気あいあいと練習していると、陽炎子に楽しげに話した。土曜日に通っていた子どもたちは、ひとり減りふたり減りしていった。子どもをやめさせます、という親からの電話がかかってきたその場に陽炎子も居合わせたことがある。先生は黒電話の受話器をおいて陽炎子をふりむき、だれにともなく「もうはやらないのかもね、こういうのは」とつぶやいた。陽炎子はそのときの先生の表情が忘れられず、自分はずっと、中学生になってもここに通おうと決めたのだった。
「あんたの父親も、たまにはいいことというね」
といいながらも、わるつ先生の目はどこかおかしそうに。
「子どものうちから本物にふれておくのは大事だ」
書道は書の道、お遊びクラブじゃないんだ。遅刻するなら来るなといって、わるつ先生は五分遅刻した生徒を家に入れなかったこともある。こわごわと玄関のブザーを押すと（ブザーに陽炎子も何度門前払いをくったかわからない。

は音符マークがついていた。こわい先生と「♪」マークのイメージが合わなくて、陽炎子はここに来るたびにへんな気分になる)、しばらくして先生が屋根裏からおりてくる。階段をきしませながらおりてくる足が、玄関ドア上部の、ひびの入ったガラスから見えると、ああ怒られる、と思ってぎゅっと心臓がちぢこまる。そして先生はドアのすきまから陽炎子の顔を見ると、

「遅い」

といってにべもなくドアをしめてしまう。

そうなるともう、陽炎子はふーっと息をついて玄関のひさしを見あげるしかできない。あれこれ考えていた遅刻のいいわけをしなくてもよくなったことの安堵と、このまま帰ったら虹輔が払ってくれた月謝がむだになるという罪悪感で、頭がぐちゃぐちゃになる。あけてはもらえないドアの前に立ちながら、外灯に大きなくもの巣がかかっているのを見て、しばらくぼんやりして、われにかえって帰るのだった。

追いかえされた子どもたちの親は、子どもをやめさせるだけではあきたらず、わるつ先生を悪くいうようになっていった。あのぶきみなぼうぼうの白髪あたま、やまんばか妖怪なんじゃないの。身なりをかまわずにくもの巣だらけで草伸びほうだいの家に住むのが書の道なの。わるつ先生がずっと独身らしく身寄りがいないこともうわさのたねになった。人はいちど「嫌い」へ心が傾くと、それまでは尊敬していた部分さえ侮蔑の対象となることを、陽炎子は大人たちの言動をとおして見てきた。

「おしいね」先生は自分の評判も正確に知っていた。「やまんばじゃなくて魔女といってほしい」
「魔女？　先生魔女なんですか？」
「そうだよ」

その会話は、ほかの曜日の生徒もすべてやめていて、わるつ先生の生徒と呼べるのは陽炎子たったひとりになって、しばらくたった春のことだった。
陽炎子は中学生になっていて、足腰が弱ってきたわるつ先生の世話をするため、学校帰りによく三角屋根の家に立ち寄っている。
この日はわるつ先生は食卓のいすに座り、陽炎子は台所でカレーを作っていた。
「野菜はもっと小さく切るんだ」
陽炎子の背後から、まな板のうえなど見えていないはずなのに、わるつ先生は鋭くいった。
陽炎子はすまして、
「じゃがいもは、煮くずれるのを計算してこの大きさです」
わるつ先生は笑った。先生はまえよりも笑うようになった。
「でもブロッコリーの茎はもっと厚くむいて小さく切れ。にんじんとおなじくらいに」
「……ホントに見えてるんですか、先生？」
と、切れかけた小さな蛍光灯ひとつきりの、暗い食堂で。ふりむいて陽炎子はおどろく。わ

るつ先生には台所が見えないどころか、杖に体をあずけて庭のほうを眺めていたのだ。

「どうして見えるんです。先生ってほんとうに魔女なんですか」

「そうよ」

そして、だけどどこの目ならしばらくまえから見えてないよ、といった。

「えっ」

陽炎子は包丁をとり落としそうになる。わるつ先生は去年から杖をつくようにはなったけど、自由に階段をのぼりおりし、庭の手入れをし、近所までならひとりで買いものに行っていた。もちろん陽炎子の書いた字も以前と変わらぬ鋭さで批評して。

「ぜんぜん気づきませんでした」

「もろくを弟子に悟らせたくないからね」

弟子、という言葉を使ったのがふしぎだった。ほかの子どもたちのことは生徒というのに。陽炎子がそう考えていると、わるつ先生はぽつりと「口がすべった」といった。

虹輔の妻、陽炎子の母の丹は、陽炎子が幼稚園にあがる数日まえにかぜをこじらせて亡くなった。陽炎子が、生まれてはじめて遊園地につれていってもらった日。熱があるからお父さんとふたりで行ってきてね、と送り出した母は、家に帰るとこたつの中で、眠るように死んでい

夫のぶかぶかのセーターをパジャマのうえに着た丹は、入園式にそなえてパーマをあてたばかりの髪に、陽炎子がプレゼントした流れ星のモチーフがついたヘアピンをしたまま、すごくうれしいことがあったような笑みを浮かべていた。いまにも「あのねあのね」と、いつでも少女のようなその口調で話しかけてきそうだった。

あんな笑顔で死んでるひとはじめてみた、丹ちゃんがあんなに笑ってるなら、天国は遊園地みたいな場所かもしれないなと、のちのちまで虹輔も親戚も酒の席で話した。

それを子どものころから聞かされていたから、虹輔とふたりで遊園地へ行き、帰ったら丹が亡くなっていたという記憶と、虹輔と丹と三人で遊園地に行った記憶との両方が、陽炎子の中に並列している。あとのほうは大人たちの話の影響を受けた作りごとだとわかってはいるけど、あまりにもありありと遊園地での母の笑顔や、三人で売店のフランクフルトやアイスクリームを食べている場面がイメージできて、嘘ではない気がしている。妄想から記憶へと、格あげしてもいい。そんなふうに思う。

ふたつの記憶は、ふたつのわたしがいるようでおもしろい。

陽炎子は思う。

わるつ先生の書道教室には、どうして通うことになったんだっけか——

163

母親のいない家庭でも、娘にこまやかな教育をしたいと虹輔は考えていた。家に遊びにきた陽炎子の友だちが、倉田わるつ書道教室に通っているといったのを耳にして、すかさず陽炎子にも習わせようとした。いつのまにか先生に電話して話をつけて、土曜の二時からと決められていた。いつもおっとりした父の、いつになくスピーディーな動きにびっくりしたものだった。会社と娘のことしか頭になかったと思う、あのひとは。そしてひとりきりのときに妻のことを考えて酒を飲んでいた。そんな夜に、酔っぱらって川に落ちた。子どもでも背が立つ浅さだったのに。「意外と遠くまで流れたね」「ほとんど無抵抗だったぽいな」と警察がいっているのを陽炎子は聞いた。

丹が虹輔をつれていったんだろう。虹輔の目には丹が見えていて、愛する妻の亡霊とじゃれあってるまに流れていったんだろう。流れに逆らうわけがない。

それが陽炎子中二の夏だった。

土曜午後二時に、陽炎子はスーツケースをひとつ引いて書道教室の玄関に現れた。♪のついた黄ばんだボタンを押すと、杖をひきずる音がしてドアがひらいた。真っ白な、量もすくなくなってきた髪をあたまのてっぺんにまとめ、まっ赤な布をリボンにしていた。瘋癲（ふうてん）老女わるつ先生が眼光鋭く陽炎子を見すえた。

「先生」

みなしごになってしまいました、わたしをここにおいてください、といおうとして、うまく

164

言葉が出てこなかった。
泣くな。泣いても容赦しない。子どもでもきちんと説明できなければならない。それが骨からしみついていたから、陽炎子は泣けなかった。
「先生」
「うん」
「先生」
「うん」
「先生」
「話が進まんね」
「蚊が入る」
「ごめんなさい」
「でかい荷物だ」
「ごめんなさい、わたし」
といって、わるつ先生は背を向けて部屋に入っていく。陽炎子はスーツケースをもちあげて玄関の中に入れ、ついていく。
「先生、ご飯は」
「食べた」
台所をのぞきこむと、どんぶりと箸がさげてあった。

わるつ先生の家は昼間でも暗い。ぐるりを伸び放題の植物に囲まれて、窓の外もなんの木のだかわからない葉っぱが覆っている。わるつ先生は杖をサイドテーブルに立てかけ、古いソファーにうずくまる。暗くても電気をつけない。天井に電灯があるにはあるが、陽炎子がつけると怒る。なので陽炎子はすみっこのテーブルランプをつけた。
二時に来ても、わるつ先生は習字をはじめないことが多くなった。やるとしても一階の居間で、もう二階の屋根裏部屋には行かない。階段をのぼることもきついらしい。
「きょうはお習字をする気持ちになれないんです」
「うん」
「母が、父を連れていってしまいました」
「うん」
「川をすいすい流されて。苦しんだようすがないそうです」
「あんた、母親もそんな死にかただったね」
「はい、どうしてわたしは両親ともそうなんでしょう。なんでふたりとも、笑いながらいっちゃうんでしょう」
「茶をいれて」
わるつ先生はいつもと変わらぬ口調でいった。陽炎子は台所の大きなやかんをもちあげる。たっぷりとお茶が入って重い。火にかけて温めなおす。みんなが腫れものを扱うように自分に

166

接するけど、わるつ先生はいつも通りに人使いが荒いのが陽炎子にはありがたかった。台所のしみだらけの壁をぼんやりと見つめ、ふうっと腹の底から息を吐く。教室ではずっと息をしていなかった気がする。
　陽炎子は温めたお茶を湯飲みに注いで先生にさしだす。
「先生は、かわいそうっていわないんですね」
「あん？」
「みんなそういうから、悲しい顔をしなくちゃいけないのかなって」
「かわいそうって、あんたが？　あんたの両親が？」
　面倒くさそうにも聞こえるぶっきらぼうな返事に、陽炎子はうろたえて、
「え、ど、どっちも」
「あんたの両親がかわいそうとは、べつに思わんけどね」
「そんなことというの、わるつ先生がはじめてです」
「死はその人のものだ。早く死んだから不幸だともいえない。人生の意味は本人にしかわからない。勝手に決めるわけにいかない、親子であっても」
「じゃあ、わたしのことは」
　わるつ先生は答えず、草ぼうぼうの庭を見やる。湯のみをゆっくり口にもっていき、ずずーと音を立ててお茶をすすった。

167

陽炎子はつぶやいた。
「父と母は幸せだったって、思いたいな。だって笑ってたし」
「じゃあ、もう、そういうことだ」
「わたしはもう、ひとりでも大丈夫だって思ったのかな……」
「冷蔵庫をあけなさい」
「え？」
「箱がある」
「はい」
　陽炎子は台所の床をきゅっきゅっと鳴らして歩き、古い冷蔵庫をあけた。庫内の照明はとっくに切れていて、側面にマグネットで吊るしてある懐中電灯で中を照らす。中段に白いケーキ箱がひとつ。
　ケーキの箱をテーブルでひらく。モンブラン、アップルパイ、チーズケーキ、プリンがひとつずつ。
「食べなさい。ぜんぶでも」
　陽炎子の目から涙がこぼれた。
　先生はわたしの身に起こったこと、きょうわたしが話すことをとっくにわかっていたんだ。
「先生、わたしをここに住ませてください」

「そのつもりで来たんだろ」
「親戚のところに行くこともできたんですけど、みんなすごく遠いんです。先生に会えなくなってしまう」
「いつかは会えなくなるんだけどな」
「そんなこといわないでください」
といいながら、ケーキに手が伸びてるじゃないか」
「えへへ」
陽炎子はケーキを見つめ、
「先生どれ食べますか」
「そんなものは食べない」

倉田わるつは、そこからは書道ではなく、魔女として生きるための知識を教えた。現代の魔女は生きやすい。なぜなら占い師という仕事がむかしよりもこわくないもの、怪しくないものと思われるようになってきたから、といった。
「先生の書道教師というのは、世を忍ぶ仮のすがただったんですね」
陽炎子がそういうとわるつ先生は「いいや」と短く否定し、

「仮のすがた。そんなものありはしない。書道教師も私、魔女も私さ。どちらかひとつなんてことはない、私のやることすべてが私さ」

陽炎子は正座して聞いてしまう。

「あんたはまだ若いから、どこかにほんとうの自分がいるとか、そんな考えになることもあるだろう。しかしどれも自分だ。どんなときの自分がやったこども自分だ」

それから、いおうかいうまいか躊躇したらしいあと、わるつ先生は口をひらき、

「仕事がら、子どもが嘘をつくところをたくさん見てきた。嘘というより、いいわけに近い。みんな素直でかわいい子どもたちだった」

当時の生徒たちをどう思っていたか、わるつ先生の口からはじめて聞いた瞬間だった。先生は子どもたちを、子どもの側からはとうてい信じられないけれど、かわいいと思っていたんだ！

「大人もそうだ。本物の嘘つきなんてめったにいない。ほとんどの人間はそこそこ正直だ。でも必要に迫られて嘘をつく。つかねばとてもやりすごせないときがある」

「はい」

「嘘をついた自分をほんとうの自分じゃないといって切り捨ててしまうこと、それはまったくもって、もったいないことなんだ。それを気づいてほしくて、いま嘘をついているのは自分だ、

170

この自分なんだと自覚させたくて、私は子どもの嘘をじっくりと時間をかけてきいていた。遅刻したいわけ、だまって休んだいいわけ、忘れ物をしたいいわけなんかを」
「どうしてもったいないんでしょう」
「影を認めない人間の成長はそこで止まる」
「嘘をついているときの自分を、自分だと認めるのは苦しいです」
「あんたもたくさんいいわけをしたね、ほかの子がいわないようなことをいってた。玄関に蛇がいたとか、野良犬に追いかけられたとか、誘拐されそうになったとか、みょうにドラマチックなのをさ。ホットケーキを食べてました、シロップを買いに行ってましたと正直にいえるまで何年もかかった」
「先生、覚えてくれたんですね」
陽炎子は思わず、わるつ先生の筋ばった細い腕をつかんだ。
「あのときは厳しすぎたかもしれない。あんたの父親はいそがしくて、家にほとんどいないといってね。すこしでも長く一緒にいたはずだ。だけど遅刻をすればこわい先生が待っている。引き裂かれるような気持ちにさせたはずだ。わるかったと思ってるよ」
わるつ先生はたぶん、ひとりひとりの子どもたちについて、それぞれの事情があったのに責めすぎたこと、傷つけたことをずっと考えてきたのだろう。
陽炎子はわるつ先生の、しわしわの手をさすりつづけた。

陽炎子はわるつ先生から、職業訓練として占星術とタロット占い、東洋の占術、水晶玉に未来を見る方法を習った。ルーン文字と神話も学んだ。

「でもこれはほんのひと通りかじったにすぎない」

と、わるつ先生はいつもいっていた。私が教えたことの中で、自分に向いていると思うものを選んで伸ばせ、と。

「教えていないことの多さに、とほうにくれるよ」

いつもは泣き言をいわないわるつ先生が、そうこぼしたことがある。

「そんなこといわないでください、わたしいまの五倍の速さで覚えますから」

「いったね」

さっそく次の日から、課題は五倍に増えた。

わたしが学校の授業も宿題もある中学生だってこと、先生忘れてるんじゃない？ とあきれたが、複数の時間を生きるという感じかたに陽炎子は慣れていた。

朝起きて学校へ行き、友人たちとつきあえば宿題もこなす、どこにでもいる中学生の時間。

もうひとつは、登校中や授業中に空間に映像を見る練習をし、クラスメイトや教師たちのオーラを観察し、彼らとの会話やしぐさからその深層意識をさぐる、魔女見習いの時間。どちらも

自分で、どちらの時間も陽炎子は愛した。

わるつ先生は、占術を教えながら、「未来を見ることにこだわるな」とたびたびいった。

「私があんたに伝えたいのは、この技術を通して世界の奥深さにふれてほしいということなんだ。その副産物として未来も見えるようになるだろう。人の役に立つなら仕事にすればいい。自分ひとり養うくらいはできるだろ」

陽炎子は自分ができるようになってきたことを、友だちのだれにもいわなかった。わかってくれそうになかったし、中にはむかし一緒に倉田わるつ書道教室に通っていて、あまりの厳しさに親とわるつ先生がけんか同然になってやめた子もいて、先生の悪口を聞かされるに決まっていたから。

書道を武道や茶道のように、作法や心得が命の「道」として教えた人。なまぬるい教師が増えた中、ほんとうにこわいごの教師としてわるつ先生を評価する親もいる。でも快く思わない親がほとんど。

屋根裏部屋に立っていると、わるつ先生がひとりで生きてきた月日に、思いをはせずにいられない。

魔女は、愛されないものなのか。

わたしは、わるつ先生のあとを継ぎたいけど、こわがられたり、嫌われたりするのはいや。陽炎子がいちばんすきなのは、霊力のある石を組みあわせてのアクセサリー作りだった。水

晶玉の訓練の中で、水晶とひと口にいってもいろいろな個性があることに気がついた。一点のくもりも傷もない、わるつ先生秘蔵の完全な透明水晶はあったが、日ごろの練習には内部にひび割れやくもりをもつものを使っていた。このひび割れによって水晶の中に虹のように反射する部分ができ、その虹も水晶の性格に影響しているようだった。もち主を厳しく導く教師のような石、人間に無関心そうな石、心身を優しく浄化してくれそうな石。性格を知るにつれて水晶よりほかの貴石にも興味はひろがり、陽炎子は石の世界に夢中になっていった。

占いをして、恋愛の相談に乗ってあげたり、アクセサリーを作ったり、おなじ勉強をする仲間と暮らしたり……そんなことできないのかな？ ずっと孤独で、人生の終わり近くになってやっと、うんと年の離れた孫みたいな女の子が弟子として現れる。そんな人生って。さいごまでだれも現れないよりはいいかもしれないけど……。

どうどうめぐりの考えを断ち切り、陽炎子は掃除を再開する。

屋根裏にはかくし部屋があって、魔術の蔵書やふしぎな力をもつ石や鏡などの道具が山のようにあった。かくし部屋の鍵はあけっぱなしで、陽炎子はひまがあれば入って自習することを求められていた。

「自分のもののつもりであの部屋を整理するんだ。もち主が代わることを、ものたちに伝えるためにも」

高校受験をひかえた時期、陽炎子は倉田わるつの養子となった。それでももとの親戚たちはかわらぬ援助をしてくれて、奨学金も得て、陽炎子は高校を卒業した。

わるつ先生は一階で寝起きし、二階の屋根裏部屋のすべては陽炎子にゆだねられた。

陽炎子が十九歳の冬、わるつ先生はかぜをひいた。病院に行こうとせず自分で調合した煎じ薬を飲んでいた。鼻水がひどく一日じゅうたれている。採っている水分よりも鼻水として出ていく水のほうがおおいように見えた。

「不安そうな顔をしてるね」

枕もとの洗面器の水を捨てにきた陽炎子に、わるつ先生はいった。先生はティッシュで鼻をかんだりせず洗面器の水で手鼻をかむ。一日に何十回もそうしていると、老女の手は荒れてがさがさになってしまう。わるつ先生の手指にワセリンを塗ってマッサージするのも陽炎子の日課だった。

「一日じゅうくしゃみをして、だいぶお疲れみたいです」

「鼻水が出るのはいいことだ。出るもんはどんどん出していく。鼻水とともに冷えも出てくんだ」

「はい」

「病院に行けというなよ」

「いいません」

でも、と陽炎子は頭の中でつづける。わたしの母はかぜで死にました。かぜを甘くみないでください、先生。

鼻水が冷えを体外に排出してくれる。それはほんとうだったらしく、くしゃみをしなくなるころわるつ先生の肌には赤みがもどって温かくなってきた。

「心配しなくていいんだ、自分の死ぬときはわかる。いまはそうじゃない」

書道を教えなくなったわるつ先生にとって、むかしからの顧客からたまに来る魔術や占いの依頼だけがゆいいつの収入源だった。依頼は電話で来ることもあり、手紙のこともあった。手紙のときは、おそらく依頼主も相当の年寄りのようだった。

「この客も古いつきあいだが」

ランプの弱い光で手紙を読みながらわるつ先生はいう。ラピスラズリのブレスレットを編んでいた陽炎子は顔をあげ、

「ええ」

「むかしは恋の悩みや仕事の悩みを相談してきたけど、このごろは遺産相続で子どもともめてるらしい」

「占いよりも弁護士に頼めばいいのに……?」

176

「弁護士じゃ自分の望むようにならんから、私のところにきたんだろ。呪いの依頼だ」

陽炎子はぞくりとして、石を通したテグスを落としそうになる。先生はひざのうえに便せんをひろげ、どうしたものかと考えこんでいる。

「年をとると心が狭くなるのかねえ、子どもの中に、自分の遺産を一円たりとも分けてやりたくない娘がいるんだと」

「その子を、どうにかしてほしいというんですか」

「表現は遠回しだがそういうことよ。むかしからこうやって、恋敵を見えないところに飛ばしてほしいとかいってきたもんだ。そのときは、魔女に依頼するなんて反則までして叶えたい恋があるのだと、欲望の深さに共感するところもあって手伝ってやったが」

「こっちはもう、わるつ先生は病みあがりでひと回り小さくなったように見える肩をさすり、わるつ先生のつぎのせりふが読めてしまった。

「あんた、やってみるか」

「あ、わ、わたしは」

老いた魔女の、なんという目の力。わるつ先生に見すえられると、陽炎子は自分が内側からランプのように光らされてしまう気がする。体のどこにも嘘がかくれる場所がなくなる。見つめられているところの皮膚が熱い。

「びびっているね」
「だって先生、わたしは」
「あんたには向かない。わかってるさ」
「すみません、すみません」
「なにを謝る。あんたはそれだけいい種だったし、育った環境も親もよかったってことだ。感謝するんだよ」
 陽炎子は目をあけられない。
「まだ教えてないことのおおさに、めまいがする。何度もいってるね」
「はい」
「呪う技術のことだ」
「はい」
 知ってはいるが、実際には試みたことのないその数かずの方法のこと。
「材料や技術は書いてある通りのことだ。しかし知識だけでは呪いはできない。術者はつねに依頼人よりも大きな欲望や怒りを知っており、自在にそのエネルギーを呼び出せなければならない。さもなければ、召喚したものに負けて逆に操られてしまう」
 陽炎子は震えがおさまらぬ肩を抱く。
「あんたは怒らない。あんたは欲がない。お人よしで、みんながすきだ。あんたみたいな魔女

178

「はみたことがない」
「すみません、ごめんなさい」
「あんたみたいな魔女を見てると、自分が時代遅れだってことをつきつけられるよ、ほんとに、あんたって子は——」
わるつ先生は困ったような、おかしいような、うれしそうな、寂しそうな、いままで陽炎子に見せたことのない表情をしていた。
「新しい時代の魔女だと思うよ」

書物だけでは生きた知識は身につかないからと、わるつ先生は手紙の依頼を引き受け、呪いの仕事を陽炎子に見せた。
陽炎子はわるつ先生の背後で儀式に立ち会いながら、目にしているもののあまりのまがまがしさに具合がわるくなり、何度も気を失いそうになった。そのたびに、わるつ先生が体力をふりしぼって、弟子に見せるためにさいごの儀式をしてくれていると自分にいい聞かせ、脚や腕をあざになるほどつねりあげながら目をひらきつづけた。
人を呪うこと。なきものにしたいと望むこと。
それはとりもなおさず自分に向かってそうすることだと、どれだけの人間がわかっているだ

ろう。魔女はそれを知りながら術を行う。依頼人も業を負うことを逃れられないが、依頼を請け負った魔女もまた業を負う。

 吐き気に口を押さえながら、もうろうとした意識の中で見つめるわるつ先生の背中には、長年なりわいとしてきた呪いによる深いふかい業が、天井を覆うほどの巨大な黒い炎となって燃えあがっているのが見えた。まぼろしの炎だ。

 わるつ先生は、自分が死んだら地獄へ行くと思ってる。陽炎子はいつのまにか、両目から涙を流していた。わるつ先生が焚いたらしいなにかが、目を刺すように傷めつける。どろどろした涙の中で、ほんものの煙とまぼろしの煙が重なりあって、陽炎子には見分けがつかない。もはや座っていることもできず、陽炎子は横たわって荒く息をしながら儀式を見あげていた。

 先生は、こんなにいっぱい呪いをしてきた自分だから、そうなるに決まってると思ってる。とうぜんの罰だと思ってる。わたしはちがうと思う。わたしは先生が死んだら地獄に行くと思えない。人生のかぎられた時間を使ってこんなにまがまがしいことをしている、それだけでじゅうぶんに先生は、自分のしていることの罰を受けている。もう、じゅうぶん先生は傷ついている。もう、罪は償われている。清算されている。

 儀式が終わったあと、わるつ先生は急速に衰えていった。術に使った道具を片づけることも

できず、その場に倒れこみ、陽炎子にベッドへ運ばれたまま寝たきりとなった。
「術は失敗した」
　ある夜明けに、わるつ先生は小さな声でいった。壁にもたれてうとうとしていた陽炎子は目覚めて、湯冷ましをわるつ先生の唇に近づける。
「いまなんていいましたか」
「術は失敗したといったんだよ。あんたがじゃまをしたからだ」
「ええっ?!」
　陽炎子は眠気も吹き飛び、小さな三脚いすのうえで身じろぐ。
「わたし、なにをしましたか」
「背後から、なにやらぶつぶつ念を送ってきたろう」
「ええと」
　陽炎子は床に落ちていた膝かけをひろい、太ももに広げる。
「あ……あれですね」
「なんだ」
「先生の背中から、真っ黒な火柱がのぼっているのが見えたんです。天井に届いて、いっぱいに燃えひろがって……」
「見えたかい」

181

「その炎の中に、黒くつやつやした一本道が見えました。はるか地の底につづく道……先生が、死後に行くと決めている地獄への道だと思いました」

「行くと決めてるんじゃない、行くに決まってるのさ」

「どうしてですか」

「あんな、胸のわるくなるような、正気の沙汰じゃできない術を何百回としてきた人生なんだよ。たくさんの人間を破滅に追いやってきた。死ぬのを見届けたのもひとりやふたりじゃない」

「そうやって、悪者を気取ってるんです、先生は」

「なんだ？」

「先生は真剣にあの儀式をすることで、罪をおかすと同時に罰を受けています。一回一回、清算はすんでるんです」

「わたしには、先生は清らかに見えます。死んだら、天国に直行です」

「なんだってぇ？」

わるつ先生は考えこみ、「ずいぶん独自の解釈だね」

虫歯が一本もない、きれいな小さな歯をきらきらと見せてわるつ先生は笑った。布団のうえから腹を押さえて、おかしくてたまらないというように。

「私が天国に直行だって？！」

「おかしいですか」
「そんなこといわれたのははじめてだよ、頭がおかしいのか、あんた」
「おかしいかもしれませんけど、ここよりいい場所に行くのは確かです」
わるつ先生はさらに声をあげて笑う。
「うんと歳の離れたわたしが先生の弟子になったのは、どういう意味があるんだろうって考えていました」
わるつ先生は笑いすぎて、目じりににじんだ涙を親指でぬぐう。
「地獄に行くと決めて信じ切ってる先生の考えを変えるために、わたしは現れたんだと思います。ねえ、先生、こんなおそろしいわざも使えば、庭で摘んだドクダミでお茶をいれてくれる、足が冷えるからって湯たんぽに毎晩お湯を入れる、先生という人を見ていて思うんです、人は汚れるなんてできないって」
「へえ」わるつ先生は否定も肯定もせず、「そんなふうに思うのか」
「思います」
ふたりは見つめあう。生意気をいって叱られるかと構えたが、わるつ先生の瞳はふしぎとしずかで、陽炎子の言葉の真意をさぐるようにこまかに揺れている。
「二十歳の小娘になにがわかる、っておっしゃいますか」
「いわないよ」わるつ先生は即座に答え、「まえにもいったろ、あんたは新しい時代の魔女だ

って。あんたは可能性。私に見えないものを見る者だ。それにたいする畏怖の心くらいもってるよ」

それから深い、長いため息をつき、わるつ先生は遥かなものに想いを馳せるようなまなざしをした。

「私は清らか、か」

そうです、と陽炎子はうなずいた。

　仕事がら魔女は、煮こみ料理がうまくなるよなあ。そんなことを思いながら陽炎子は、真冬の夜明けにシチューを煮る。わるつ先生は肉を食べなくなった。もともと無口な人ではあったけど、ほんとうにしゃべらなくなった。窓辺のいすから空を見ていることがふえた。かつて書道教室に通っていた子が、飼っている老猫が外に遊びにいかなくなって、窓際や玄関から外を眺めてばかりいると話していたことを思いだす。猫はそれからすこしたって死んでしまった。動物は自分が死ぬときが近づくとわかるんだって、とその子は母親の受け売りをいった。

　優秀な魔女は自分の中の動物性を扱うことに長けている。動物てきな力とは、人間と自然をつなぐ力。わるつ先生ほどの人なら獣のようにおのれの死期を知っていると思う。けれどその

ことを先生からも、陽炎子からも話題にすることはない。
「あんた、雪が解けたらこの家を出な」
わるつ先生は居間のソファに寝そべり、編みものをする陽炎子にふいにいった。
「え」
陽炎子は体を起こし、わるつ先生に近づく。
「遠くに行きなさい。たくさんの人に会いなさい」
「ええと……」
「都会に行くんだ」
「都会ですか？」
「変人がたくさんいるからね」
先生は笑った。陽炎子も笑った。
「自分とおなじくらい心の強い人間と会いなさい。人間の想いがこの世界を作っていることを、ともに学べるような人間と」
「はい」
「まあ、あんたがあんたらしく生きていれば、しぜんと周りには変わった人間ばかり集まることになるだろう」
「類は友を呼びますもんね。でもやっぱりわたしの生涯でいちばんの変人は、わるつ先生だと

「思いますけど」
「いったね」
　わるつ先生はのどの奥で笑い、せきばらいをひとつしたあと、「すこし寒いよ」といった。陽炎子はわるつ先生のつま先まで毛布をかけ直し、さらにふとんをかける。
「もうちょっとで完成しますからね、先生のくつした。あとで履かせてあげますね」
　明けがた、陽炎子の手の中で真っ赤な毛糸のくつしたができあがった。バスケットに入れていたもう片方と重ねあわせて、大きさを確かめる。陽炎子はわるつ先生の足もとの毛布をめくり、やせて小さな足に履かせようとした。
「あ」
　足首へ、すねへと手をすべらせる。先生の肌がどこまでいっても冷たい。陽炎子はへなへなとひざまずき、ランプの明かりをぼうぜんと眺めた。そしてはっとしたように、先生の足にくつしたを履かせにかかる。左足、そして右足。やせた足の先に灯がともったような赤。できたてのくつしたに包まれたふたつの足を胸に抱きしめ、陽炎子はつぶやいた。
「わるつ先生、ありがとうございました」

　冬のあいだは、家の周りの枯草も荒れた庭も雪がかくしてくれていた。雪のうえには白樺の

木が四、五本すいすいっと出ているくらいで、青い三角屋根の家は遠目にはむしろ素敵にさえ見えた。

雪が解けてくると、さびれているのはごまかしようもなく。近年はこのあたりにも新しくてしゃれた家が建つようになり、倉田わるつ邸は見るからに浮いていた。子どもたちのあいだでおばけ屋敷ともうわさされているらしく、玄関のベルを鳴らしては逃げるいたずらも数回あった。それでも陽炎子は家を離れることができず、わるつ先生の遺品を整理したり、また箱から出して眺めてみたりと時間が止まったような日々をすごしていた。

思いきって家を改修しようか。壁を塗りなおして、屋根も葺き替えて。庭もぜんぶ畑にしてしまおう。近所の人が見てこわがらないように。好感をもたれるように。

いい考えだと陽炎子は思った。町に一軒だけある工務店に相談にいこうと、晴れた午後、春物のコートをまとって家を出た。雪どけ水でぬかるんだ庭に出るなり、あまりのまぶしさに目がくらんだ。ひたいに手をかざして見渡すと、視界いっぱいに土からたちのぼる陽炎がゆらめいていた。生きているような陽炎、ゆれるひとすじひとすじが透明な蛇のように、空をめがけてもつれあっていた。

──そうではないよ。

「え？」

──そうではないよ。

187

声が聞こえるようで、陽炎子はあたりを見まわす。答えはなく、人の背にもとどきそうな陽炎が立ちはだかるばかり。
いつも「あんた」と呼びつけて、生きているあいだついにいちども名前で呼んでくれなかったるつ先生が、「陽炎子」と呼んでくれていると感じた。
「先生」
陽炎子は空をあおぎ、白樺の梢をゆらす春の風を見つめた。
「──春になったらここを出ていく、でした」
魔女と魔女の約束。わたしはここを去ること。わるつ先生はここよりもよい場所へゆくこと。
陽炎子はポケットの中の鍵に指先でふれながら、地面がゆであがっているような陽炎の中に立っていた。

188

6．みほと久美と明日太郎、
　　そしてバージンパンケーキ

パンケーキ店へと自転車を走らせるみほの、胸の生徒手帳がプルルと振動した。信号で止まって手帳をひらくと、「花火明日だね」という件名で久美からのメールが届いていた。
「うちのおばあちゃんちベランダから花火よく見えるよ。予定なければ見においで」
夏休みが終わるまえにもういちど久美と話したいと思っていた。久美もそう思ってくれている！ みほはすぐに返信を打つ。
「ありがとう、行きます。明日太郎も来るの？」送信。
またすぐに返信がくる。「みほだけ」
「行く！ 買ってきてほしいものは？」
「親がいろいろ用意するみたいだからいらないよ。からだひとつでおいで。みほはつぶやく。いい表現だな。
「からだひとつ、からだひとつ」
見送った信号がまた青になり、しけて重たい空気を切りわけるように、みほはナイフのよう

な銀色の自転車をこぎだす。

翌日みほと久美は駅で落ちあうと、商店街をぶらぶら歩いて久美の祖母のマンションへと向かった。久美はゆかたで来た。紺地に白と赤の朝顔のもようがさわやかで、みほは駅でそのすがたをひと目みるなり、久美にすいよせられるように改札を通ったのだった。

「きれいだよ……ちょうにあうよ」

「みほも着てきたらよかったのに」

「着付けできないもん」

「おばあちゃんできるよ。もっておいでっていえばよかったねえ」

花火大会当日だけあって、通りにはゆかたすがたの男女がいっぱい。でもいちばんきれいなのは久美ちゃんだなと、みほは道を進むごとに確信をふかめる。

「明日太郎、ゆかたの久美ちゃん見たかったと思うな」

「みほだってイヤリングにあってるよ。めずらしいね」

みほは陽炎子にもらった、大粒のペリドットのシンプルなイヤリングをしていた。陽炎子によればこのふた粒はペアで、左右の耳につけることで陰陽のバランスをとり、その人の女性性と男性性を調和してくれる……という説明だった。

「もらったの」といって、みほはあわててつけたす、「あ、明日太郎じゃないよ。お客さん」

「そのことだけど」

久美はみほの手の指さきをきゅっとにぎり、「水かけたりしてごめん、ほんとにごめんね」みほがびっくりしていると、久美はたちまち顔をくしゃくしゃにして、
「あのあと困ったでしょ、かっとなって、ごめん」
「泣かないで、お化粧とれちゃうよ」
久美はがまぐち型の手さげバッグからティッシュを取りだし、鼻をかむ。
「いいんだ化粧なんか、あー」
「三人でつきあおうとか、いきなりいうんだもん。頭おかしいんじゃないのみほって。だってありえないでしょ」
ありえないか。みほはだまって苦笑する。言葉で答えずに苦笑してみせるのは、まぶの影響かもしれなかった。
「なんだけっきょくみほだって岸のことすきなんだ、あたしをだましてたんだ、ってぐるぐるしちゃって、しばらく冷静になれなかったけど」
久美はマスカラがにじんだ目でみほを見つめ、
「でも、そもそもはあたしみほのそういうところがすきになったんだって思い出して。ほかの子とちがうなって」
久美がいっしょうけんめい言葉を探しているのがわかる。みほは待つ。
「一緒にいると自由な感じ……?」

192

ぽつりと久美はいった。魚の口から真珠がこぼれたようだった。
「ずーっとまえに、こんな気持ちで遊んでたことあったよ、って記憶が——ほんとにほんとに、幼稚園よりまえかもしれない、そんなときのことがなつかしくよぎって」
　久美は赤い鼻緒の下駄を見おろして、
「みほはあたしを自由な気持ちにもさせてくれる、けど焦らせる」みほはあたしを焦らせる」
「あたしが」
「みほはふしぎだよ、あたしのこと、いまのあたしのままでいいんだ――って感じさせてくれるのと同時に、いまのままじゃだめだって気持ちにもさせる。なんなの？」
「そんなこといわれたって困るよね、と久美は肩をすくめて。
「あたし、みほが岸とつきあうみたいに岸とつきあいたかった。でもあたしだとみほみたいになんない……」
「あたしみたいになろうとすることないよ。久美ちゃんは久美ちゃんのやりかたで、明日太郎をすきでいてほしいんだ。だから三人でつきあおうっていったの」
　久美は顔をひきつらせながら笑って、「ハハ、三人、まだそれいうんだ」
　みほは雨の夜に明日太郎に話したことをもういちど久美に説明し、「つまりあたし、久美ちゃんと明日太郎がキスしたのどうしたのこうしたのの気にしてるうちに、自分もしてみたくなったのね」

193

「そういうこと、よく真顔でいえるねあんたは」
「あたしにとってはその相手は、明日太郎なのが自然なのかなって思った」
「それがあたしを傷つけるんだってば」
久美はみほの頬を、軽くぶつしぐさをして、
「三人でつきあえばいいなんてかんたんにいっちゃう、その心の広さが、さらに傷つけるんだってば」
みほはだまって、久美を見すえたままでいた。
「でもみほのそういうところがすきで、あたしどうしようもないよね、マゾなのかな」
久美は鼻をすすりあげ、「岸がさ」
「うん」
「みほのこと話すとき、呼びかたどんどん変わるね」
「みーくんとか、みー公とか」
「うん。みほ。みーくん。みほくん、みー公……みーこ、みんみん、みーにょん」
「みんみんとみーにょんあたり、あすたろのお母さんだな」
「岸もいってるよ」
久美はふっと笑って、「あだ名の数は愛の量かなあ」

「そうかな」
「うちでむかし犬飼ってたんだけどねえ。ロッキーって名前だけどね、どんどん変わってくんだよ。ろっちゃん、ろってぃー、ろっぺー、ろすけ、とんすけ、とっくん、とっちー、ぺろてぃー」
「とんすけのあたりから、原形とどめてないけど」
「だからたまに獣医さんに『ロッキーくんは〜』なんていわれると、あ、この子正式名称ロッキーだったんだ、って新鮮で」
「かわいがってたんだね」
「家族みんなでね。うちの末っ子って感じで……」
　わかるよ、とみほは心の中でつぶやく。リトフェットとロイリチカを、さまざまなものにたとえたくなったあの気持ち。モンシロチョウ、小かぶの精、天使……バリエーションは愛なんだ、明日太郎があたしをたくさんの名前で呼び、久美ちゃんちの犬の呼び名がどんどん変わっていくように。
「たぶんそのうち、久美ちゃんをいろんな呼びかたするよ、あたしたちも」
　その言葉を聞くと久美はよろめくようにみほから離れ、タイミングよくふわーっと口をあけた自動ドアから、スーパーの店内に入っていってしまう。
「どこ行く」

「トイレで化粧落とす。もうめちゃくちゃ泣いているのか、久美はみほをふり向かずに店の奥に消えていく。そしてすっきりとすっぴんで——学校でもほとんど見せたことのないほんとうのすっぴんで会計を終えた客が商品をバッグに移す出入口のスペースで、みほはひとりで屋台の焼き鳥やシシケバブを食べていた。家で肉料理が出ないみほは、五人グループで遊びに行くときも、みほは焼鳥の串を横に引いて食べていた。口をもぐつかせているまぬけな顔のみほを見た瞬間、久美は笑いくずれ、みほの首に腕をからませ、ヘッドロックをしかけてくる。
「鳥食ってんなよ、おめーはっ」
久美はけらけら笑って、みほの首をしめつける。みほのイヤリングの屈託のないグリーンの輝きが久美の目に飛びこんでくる。みほにぴったりだ、と思う。
「あぶない、串、串」
「みほ、三人でつきあってみっか！」
「へっ」
「あたしが、たぶんすぐに耐えられなくなってやめそうだけど、それまでやってみっか、ねえ」
「ほんと？　久美ちゃんっ」

食べものの匂いが次からつぎへとただよっては消えていく商店街を、いよいよ混みあってきた花火の見物客のあいまをぬうようにして、ふたりはマンションに向かった。
というか、ほんとは、ふたりのあいだにあたしなんかを入れてくれて、ありがとう。
久美はそうつぶやいたが、通りのにぎわいにかき消されてみほの耳には届かなかった。

*

丑松飛朗(とびろう)は寝ちがえた首が痛くてたまらず、いてもたってもいられなかった。冷凍庫の氷を取りに台所と居間のソファーを往復するにも、首を右にしか向けられない身では家具や荷物にいちいちぶつかり、つまずく。危険な部屋に住んでいることに、体の自由がきかなくなってみてはじめて気づいた。
首が治ったらまっさきに片づけなくちゃ。
丑松は心に誓う。
しかし日曜のきょうは病院もいきつけの整体も休みだと気づくと、打てる手のすくなさに焦ってくる。丑松はとにかく出かけてしまおうと決めた。近所の人に会ったらばつがわるいなー、などとぶつぶついいながら歩きだすと、道には人の気配がまるでなかった。こりゃあいいね。上半身を直立不動で、しばし通りをゆく。しかし人っこひとりいない道ってのは味気ないも

んだね、だれか来ないかなとさっきとうらうらのことを思う。
「ほんとうにしずかなんだなあ」
　タクシー一台、自転車一台通らない道をもくもくと歩き、丑松は思わずつぶやいてしまう。道の左側に見える団地のベランダには、痛くて顔はあげられないが、干した洗濯物がゆれているのが視野のすみにひらひらとしている。見慣れたいつもの光景なのに、道という道はがらんとして、犬いっぴき猫いっぴき通らない。からすの鳴き声もない。空にはこんこんと雲があふれ、どこかに雲の吹出し口でもあるかのように新鮮な雲がなみなみとただよってきている。
「そうか、生きてるもんがいないんだ。道路ぞいにならんだプランターには鮮やかなコスモス。民家の庭木や植木鉢の草花、空き地にぼうぼう生えた草も健在で、「ふむ。植物はある」と確認する。人間と動物がいないんだ。
「おーい」丑松は声を出してみた。まずふつうに、そしてつぎは大きな声で。
「おーい！　おおおーい！」
これはほんとうにおかしなことになっているのか？
「どこ行っちゃったんだよー、みんなあ」
　網戸からリビングが透けて見える家があり、丑松は網戸をからからとあけて室内をのぞきこむ。
「おーい、いませんかー」

返事はない。

「おかしいなぁ、おかしいなあほんと」

ぶつぶついいながら歩きつづける。ウエストポーチにカメラを入れていたのに気づき、この奇妙な風景をとっておこうとカメラを構えた、そのとき。

「あれっ」

ファインダーの中に見なれない店が入っていた。カメラを顔からはなすと、そこには白い土壁に古めかしい引き戸、飴色をした一枚板の看板がかかっている。

「ええっ？　ありゃなんだろ」

丑松は駆けよって看板を読む。

「バージンパンケーキ国分寺」

あけ放った戸の中からは、木の家具、木の壁の落ちついた店内が見えた。そして扇風機のやわらかな風にのったバターの甘い香りが、丑松の鼻先までふくらんできた。

「ふわあ」

思わず、腰を抜かしそうになってしまう。

「夢か、これは夢かな」

目をこするも、そこには清楚な白壁と甘い香りがあるばかり。

きつねにつままれたような顔つきで、男がきょろきょろしながら入ってくる。店のまん中あたりまで来て手近な席にへたりこむ。水をはこんできたまぶを見あげ、
「あの、このお店、まえからここにありましたっけか」
まぶはほほえみ、
「新しくはない店です」
「そう……だよねえ、そうだよねえ」
「ええ」
「いつもこのあたり散歩するけど、きょうはじめて気づいたなー」
「首、どうかされたんですか」
「寝ちがえちゃってね」
まぶは男の上半身を黙って見つめている。
「右っかわばかり見ながらきたら、この店が目に飛びこんできてさ」
「首を痛めたのはあれですけど、うちを見つけてくださったのは、よかったです」
「けがの功名と思いたいね」
「……ちょっといいですか？」
床に届くほどのロングスカートは音もなく間合いを詰めてきて、まぶは丑松の前で背をかがめる。背の高い女性だなあと丑松は見とれる。やせてひょろっとして、器用なみつあみ。丑松

は、背の高い女が好みなのだった。
「首にさわらせてもらっても」
「えぇっ」
　丑松はどきりとして、乙女のように胸の前で腕をクロスしてしまう。
「ほんの軽く、ですから」
「マッサージかい？　効かないよぉ」
　と丑松が笑った瞬間、まぶは両手を添えた首をわずかな力でふっと傾け、かすかにねじるしぐさをした。そしていつ離れたかわからぬほどのしずかさで手を離す。
「……あれ」　丑松は首をまっすぐに起こし、「あれっ、あれっ」
　こわごわと、左側に顔を向けてみる。
「どうでしょう？」
「いた、くない」
「よかったですね」
　まぶはそよそよとカウンターに戻っていく。
　丑松はぼうぜんとそのうしろすがたを眺め、
「えーっ、ほんとに痛くなくなっちゃったよ！　朝からずっと、ほんのちょっと動かしても激痛だったのにさあ——あなた、こういうお仕事もされてたの？」

まぶはカウンターの中で、首を横に振ってほほえむばかり。

丑松ははたと気づいて、

「そうだ、きょうはなにかあるのかな」

「なにか」

「外にだれもいないってさ、おかしな日だよ」

「そんなに人がすくないですか」

「すくないどころか。だーれもだよ、しずかすぎて不気味だったあ。通りに顔を出し、右見て左見て。

まぶはカウンターからふたたび出てきて入口へ向かう。通りに顔を出し、右見て左見て。

丑松をふりむき、

「ふつうに歩いてるようですけど」

予想外の答えに丑松が目をしばたたいたつぎの瞬間、耳もとでバチンと大きな音がした。エプロンすがたの少女が丑松の横に立ち、古めかしいリモコンを入口わきの扇風機に向けていた。

え、だれだこの子、さっきまでいたか？

丑松は面食らい、少女の賢そうな目もと、ショートヘアからすっきりと見えている耳を見た。

丑松のおどろきも意に介さぬように少女は大判の写真集をぱらぱらとめくり、あ、といって仕事を思い出したようにお冷やをおく。

奇妙な気がしたのもつかのま、

202

「空の写真集ですか」
と、澄んだ声でたずねられると、ずっとこの子はそばにいたような気もしてきた。目の前の写真集にも、なんともいえない懐かしさと親しみがこみあげてくる。
「雲の写真集だよ」
「あ、これきれー」
「ありがとう、撮ったの僕なの」
「丑松さんの写真集なんですか」
「この一年撮りためたのを本にしたんだ。一冊から作ってくれるサービスがあるんだよ」
と答えた丑松は、すっかり落ちついた気持ちになっていた。ころりとした赤いグラスの水を飲み干すと、腹が空いていることに気づく。
「まぶさん、パンケーキ、ミルクカレー・アンド・ナッツバスケットっていうの、お願い」
カウンターに向かってりゅうちょうにそう告げると、丑松の胸には安心感が満ちてくる。
ああ、もうなにもかもだいじょうぶだ。
天井でひかえめに回る扇風機を、丑松は見あげる。
どうしてエアコンを入れないんだいとたずねたら「ゆっくりしてってほしいから」と答えた、まぶの言葉を丑松は反すうする。エアコンを効かせると外から入ってきた瞬間は気持ちがいいけど、すぐに体が冷えすぎて——アイスドリンクなんて飲んでいたらとくに——寒くなってし

まって、お客さんが長くいられないから。冷えきった体でまた暑い外に出ていったりしたら、温度差でおかしくならないほうがへんでしょう？ ささやくように話すまぶの低い声。だからお冷やも氷を入れないの。女の体は、冷やすとろくなことがないから。
テーブルいっぱいに写真を広げて選んだり、本を読んだり、はがきを書いたり。たしかにこの店は何時間いても体が楽だ。
「女に優しい店は、男にも優しいにちがいないや」
ずっと、もうずっと長いことこの店に通っている。はじめてバージンパンケーキ国分寺に入ったとき、若いころからすきだった喫茶店めぐりも終わりだ、ついに自分にぴったりの店に出会ってしまったと感激したのだった。丑松にとっては居心地がよくて、よすぎてあぶないくらいの店。
丑松は大きく長い長いあくびをして、この夏入った新人バイトの少女に笑われた。

*

雨が降らない日がつづいた。
みほは天気予報のくもりアラートが待ちきれず、しょっちゅう生徒手帳を起動しては天気予報をチェックしている。カレンダーをスクロールして、「あしたからまた晴れ、また晴れ、ま

た晴れ……くもり！　と思ったら四日も先じゃん」

 うんざりという顔をする。きょうも五日ぶりのバージンパンケーキ国分寺だったというのに。

「そうねえ。このペースじゃぜんぜん稼げないよねえ」

 と、陽炎子が気の毒そうに。

「お金ためてるのにねえ」

「そうなの？　というようにまぶがちらりとみほを見る。みほはもじもじと、

「あ、や、その。年末あたり、ロイリチカとリトフェットがゆかたを着ている写真、遺跡の前の記念撮影や、CGで復元したらしいどこかの国分寺を背景にしたふたりの合成写真のような画像を見せた。メールで送ってきてくれたもの。

「冬休みにアイスランド。オーロラと温泉かあ、いいなー」

「あの子たちと連絡つづいてるの？」

 みほは手帳に保存しているロイリチカとリトフェットがゆかたを着ている写真、遺跡の前の記念撮影や、CGで復元したらしいどこかの国分寺を背景にしたふたりの合成写真のような画像を見せた。メールで送ってきてくれたもの。

「満喫してるね」

 人と寺の縮尺がおかしい合成写真を見ながら、まぶがつぶやく。陽炎子がクックッと笑いをこらえている。

「なるほど、貯金してたのね」

 まぶは腕をくんで思案顔になる。

「いえ、いいんです、旅行は行けたらなってくらいで。なによりあたし、ここに来たくて。晴れとか雨だとほんと家で廃人みたいになってて」

陽炎子はまぶを向き、

「まぶさん、もうちょっと店あけてあげられない？ ちょっぴり雲が足りなくてもさ」

「そうしてあげたいのはやまやまだけど」

まぶはボウルにパンケーキのたねとナッツをまぜながら、「わたしの意志でどうにもできないことでもあり」

「そうだよねえ。さいしょに決めたことだもんね」と、陽炎子。

「まぶさんの店なのに、まぶさんの意志であけられないのって、へんみほはぶうたれる。

「あーあ、明日からまた三日間、晴れかー」

「さいきんは天気予報も精度がいいもんね」

「こんにちはー」

ふりむくと、入口に丑松さんが立っていた。

「ほらほらお客さんだよ、生徒手帳はしまって」

陽炎子にせっつかれ、みほは手帳をポケットにしまう。

「あ、はい」

206

男のお客はベルが鳴らなくてわかりにくいな、とみほは頭の中でぼやく。

「え?」

男のお客はベルが鳴らなくてわかりにくいな、ってなんだ?

「あ」

スツールを降りるせつな、みほは思わず、ぶるっと身震いした。そして気づく。

ここは、おかしい。

バージンパンケーキは、おかしな店だ。

くもりの日がいは、地図を見ながら歩いてもたどりつけなかったこと。

くもりになると、さっきまでなにもなかったはずの場所にこつぜんと現れること。

玄関のベルが、出入りする人によって鳴ったり鳴らなかったりすること。

しかもそれがバージンセンサー。

壊れているのかなんなのかわからない有線チューナー。

ロイリチカの方位磁針がぐるぐると回りつづけていたこと。

こうしたふしぎは、気になったそのときは考えてみるものの、店を出ると忘れてしまったり、つきつめて考えようとすると頭がぼんやりしたり眠くなったりした。いまはじめて、この奇妙さに意識の焦点を合わせつづけることができている。

あたし、いったいどこにいるんだろう。

ひとつの結論がみほの頭の中に響きはじめる。

え？　え？　え？

みほは店の中を見まわす。まぶがカウンターの中からみほを見つめている。

「まぶさん」

この考えを口にしようかするまいか、みほは迷う。いってしまえばとりかえしのつかないことになりそうで。

「なあに、みほ」

まぶはみほを見つめかえす。その目は羊みたい。なにを考えているのかわからないよ、まぶさん。陽炎子さんだっておかしい、この店はこんなにへんなのに、あたりまえという顔でいつも座っている。

「まぶさん、もしかして、この店は、ほんとには」

まぶは誘うような、すいこむような瞳でみほを見つめる。陽炎子はカウンターのうえに手を組んで目をつむる。

「ここにはない、んじゃない？」

みほがそういうと、見たことがないくらい、まぶははっきりと笑った。うすい口紅の、小さな口がうれしそうに弧を描いて、目じりにきゅっとしわをよせて。まぶがなにかいったが、みほには聞きとれなかった。その口もとは「ありがとうみほ」と動

208

いたように見えた。

 つぎの瞬間、みほは足もとから吹きあげる突風に息をのみ、両手で顔を覆った。
「うわ」エプロンもスカートも強風に巻きあげられて、パンツまで脚がむき出しになったような感じがして、ギャーッと叫んでエプロンを押さえると、みほは自分が、夜の草原のまんなかに立っていることに気づいた。
 周りにはだれもいない。バージンパンケーキも、近所の家や町なみも、なにもない。ひざ丈の草が満月の光に黒ぐろと輝き、そよそよと揺れている。
 みほは荒い息をして立ちつくす。見おろした自分の体は、制服にエプロン、白いソックスに赤いスニーカーで変わりない。周りだけが一気にすべて変わってしまい、まるでべつの星に飛ばされてしまったかのよう。
 ぽかんとあいた口で、やっとのことでつぶやく、
「まぶさん」
 こうなる直前のことを思いだそうとする。パンケーキ店のカウンターを挟んで、まぶと話していた。
「この店は、ほんとうには、ここにはないんじゃない?」といった瞬間、まぶはくっきりと笑って。一瞬ののちには、見慣れたものすべてが消えた場所にいた。
「まぶさん!」

わけがわからず、よろよろと草のうえを歩く。草は風に忠実に揺られて、どのあたりをどの方向に風が吹いているかが遠くまで見渡せた。草原をかこむ闇はどこまでも黒く、街の明かりのかけらも見えない。

「まぶさん！　陽炎子さん！」

店がなくなっちゃった？

ここはいったいどこの、いつの夜なのだろう。草むらをゆくうちに夜露が冷たい。すねにぴしゃぴしゃとあたる、ソックスに水がしみてきた。外国のコインのような満月に照らされて、みんなの名を叫びながらみほは歩いた。自分がいのだれかの顔を見なくちゃおかしくなってしまいそう。みほはエプロンをぬぎ、三毛猫の、大福のような太った顔を見た。家族や明日太郎の顔がいいけどぜいたくはいえない。猫のキャラクターの顔でいい。

バージンパンケーキ国分寺は消えちゃった？

まぶさんは？　店のみんなは？

草原はゆるやかに傾斜していて、降りてゆくみほの歩幅は大きくなり、加速していった。足首にからまる草をひきちぎりながらぐんぐん歩く。

まぶさんが、あの日、日付をまちがえたりしなくて。

きちんと三月三十一日のうちに、盛さんに電話することができていて。

サラリーマンをやめた盛さんとシスターをやめたまぶさんが、ふたり一緒にはじめたバージンパンケーキ国分寺が、この宇宙のどこかにあるんだとしたら。

みほは無人の夜の草原を歩きながら、納得できる答えをさがす。

あたしが出会ったバージンパンケーキは盛さんがいないバージョンだけど。まぶさんがあたしたちにお店の成り立ちを語ってくれたとき、まぶさんの横に盛さんが立っている光景をとても自然にイメージできた。写真みたいに。あんなにクリアに思い浮かべられるものが、存在しないなんて思えない。あたしの想像力は、この世に影も形もないものをはっきり思い描けるほど、そんなたいしたものじゃない。ふたりの店はどこかにあるんだ。その店はきっと近くて。目には見えない、もうひとつの幸せな店の気配をまぶさんは感じながら生きてきた、ふたつの店は近すぎて、ジリジリと干渉し合うように現れたり消えたりしながら、ひとつになることができないでいた。

たぶんまぶさんは、店の奇妙さに気がつく人を待ってた、長いこと。陽炎子さんも一緒に。お客さんのだれも、なんの疑いもなく通っていたけど、あたしだけがなぜか気づいてしまった。あたしが気づいたことで、盛さんがいないバージョンの店と、盛さんがいるバージョンの店と、線路が重なるようにひとつになれたんじゃないか。

そこでは、盛さんもまぶさんと一緒に日替わりメニューを考えて。くもりの日だけじゃなくて、どんなお天気の日にもお店はあいていて。目に見えるようだよ！ 盛さんがコーヒーをい

れる。盛さんが打ち水をする。盛さんがいたらあのへんてこなチューナーはどんな曲を流すんだろう。

「まぶさん！」

まぶさん、うまくいったの？　盛さんに会えたの？

みほは心の中でさけぶ。

まぶさんと盛さん、ふたりそろった幸福な店に、あたしたちはいますか？　あたしと明日太郎、久美ちゃん、陽炎子さんや丑松さんがいたらいいな。

みほの鼻先を嗅ぎなれた香りがかすめた。すみれたばこの匂い、とみほは目をとじてみる。まぎれもない、カウンターの中にいつもかすかにたなびいていたその香りは、まぶからの返事のように思えた。鼻の奥を撫でるようにおりてゆく深い甘みは、ありがとうみほ、そういっているかのようだった。

長く生きているとおかしなことが起こるわ、とみほは一気に百年も年をとったような気分になる。そして、こんなみごとな草原なんだから虫の声くらい聞こえてもいいのになと思う。すると数歩もいかぬうち、近くで小さく「チリリリ」とすず虫の音がした。

そうそう、そうでしょ、そうこなくちゃ。

全能感のただなかで、みほはどうどうと歩いた。「あたしはガリバー」、みほはつぶやき、両腕をひろげ、過ぎてゆく草のうえに十字の影を落として大股でゆく。「いい風よ吹け」とさ

212

らに命令してみる。するとひとすじの風がふわりと頬のうぶ毛をなぜ、それを皮切りに夜の気配、草の呼吸を乗せた風が夏服から出た手足につぎつぎとふれ、流れていった。新たな王を歓迎するかのように。

なつかしい、この感じ。

人っ子ひとりいないこんな秋の野原を、いつか明日太郎と歩いたことがある気がする。こんな圧倒てきな草原はふたりの育った街にはないし、そこを一緒に歩いたことなどふたりにいちどもなかったはずなのに、こんなにも心にしっくりくるのはなぜ？ ありありと覚えているのはなぜ？

きっと、こんな場所に住んでいるあたしと明日太郎が、いるのね。ふたりとも名前は違うかもしれないけど。人によってはこんな感じを前世の記憶なんて呼ぶのかも。とても自由で、なんでもできて、思ったとおりに風を呼べる、そんなところをあたしは知ってる。そこにくらべたらいまあたしが暮らしているのはずいぶん窮屈なところ。体は、男か女かのどちらかに分かれて……力が半分になってしまったみたい。もう半分の力を知るためにいろんなことをするんだ、恋したり、愛したり。素敵なこともあるだろうけど、ぶざまなことも、恥ずかしいことも、醜いこともたくさん。あたしにもそれが始まってしまった。

みほは立ちどまり、ひざをくたりと折って草むらに倒れた。

あたりをつつむ虫の声。

うとうとしていると、頭上から「みーくん」という明日太郎の声がした。
「迎えにきたよ。こんなところに寝て」
近づいてくるざくざくという足音といつもの声にみほは笑った。これから味わうだろうもろもろのことも、明日太郎となら、いいや。
「わかってたよ、あんた来るって」
みほは満足し、声に背をむけたまま安心して意識をうしなう。
明日太郎が迎えにきたというこの安らぎも、かつていろいろな場所で数えきれないほど味わったことがある気がする。ひたすらのなつかしさの中でみほは目をとじた。

　　　　　＊

　公民館の市民サロンは、前日まで市民の通夜と葬儀に使われていた。まだ線香の香りがうすくただよっている。
　みほと久美と明日太郎は、冷房のきいた広いサロンに島のように点在する四人がけテーブルに座り、だらりと突っ伏して。テストはきょうが最終日で、さいごの二教科を終えた三人は抜けがらになっている。
　久美をいつもの公民館につれてくるのははじめてだった。エントランスに入るなり、久美は

「線香の匂い落ちつくわー、ばあちゃんちみたい」と目を輝かせ、みほと明日太郎はつれてきてよかったとほっとした。
 コーヒー、アップル、ヨーグルトの三つのジュースブロックが飲みかけのまま放っておかれて汗をかいている。明日太郎はコーヒーのブロックをテストの問題用紙のうえにおいていた。水滴がわら判紙の色を濃くしてにじんでゆく。
 みほはパッと起きあがり、「あ、あたしいいものあるよ」
「どうした」久美と明日太郎は伏せたまま、顔だけみほに向ける。
「こんなこともあろうかとパンケーキ焼いてきた、明けがたに」
「よくそんな時間あったね、一夜漬けで」
と久美。
「気分転換に夜食作ろうと思って。ついでに多めに焼いたのさ。見よ、四段がさね！」
と、バッグの底から取り出した布に包まれたそれは、あきらかにつぶれているのが見てとれた。「みーくん……」と明日太郎がうめく。
「へへ、教科書のしたになってた」
布をひらくと、ラップに包まれたパンケーキが出てくる。
「あ、色はきれい。おいしそ」
と、久美が体を起こす。

「あす、窓口行って包丁借りといで」

みほが水滴だらけのラップをめくると、しっとりとした黄色のパンケーキが息を吹き返してふくらむように見えた。明日太郎が借りてきた包丁で、みほは円グラフのように三等分に切る。そしてふたりがパンケーキに手を伸ばすのをよしよしと見守る。

ひとくち食べて、おいしい、と久美が笑う。ずっと横で見てて覚えたまぶさんのレシピだもん、とうぜんだよといいたくなるのをみほはこらえた。

バージンパンケーキ国分寺は、くもりの日にも現れなくなった。

久美も明日太郎も、一緒に行っただれも、バージンパンケーキのことを覚えていない。リトフェットとロイリチカのメールも、丑松に撮ってもらった写真も、陽炎子にもらったペリドットのイヤリングも消えてしまった。手もとに残ったのはみほが自分で買ったエプロンと三角巾だけ。

鼻を押しつけるとほんのかすかに店の匂いがする。みほはそれらを密閉できる袋に入れ、眠るまえにそっと取り出して香りを確かめている。バージンパンケーキでのひと夏は夢ではなかったんだ。この先の長い、長いということしかわからない人生の中で、落ちこんだり大切なものを信じられなくなったりしたときに、こうして匂いを嗅ぐだろうとみほは思った。

パンケーキをほおばるふたりを眺めていたみほは、いいことがひらめいて叫ぶ。

「これだ！」

「な、なにがさ」

唐突なんだからぁ……と明日太郎がぼやく。

「さっきの話、百二十度ずつでもいいよ」

「百二十度？」

と、久美。

「三百六十度を三人で割ったら、百二十だわな」

あたりまえのようにいうみほに、明日太郎と久美は顔を見合わせる。

「こう……三人で同時に顔をくっつけて、キスするってわけね？」

久美がその場面を思い浮かべつつ複雑な表情で問うと、みほはうなずく。

明日太郎はどこか満足げに、「おかしなこと考えるねえ、みーくんは」

「三人同時キスって。へんな感じ」久美は苦笑して、「でも」と、みほと明日太郎をうれしそうに見つめる。

「なんか幸せかも」

217

まぶさんのパンケーキたち

● ソーダ・ゼリー・ホイップ（6ページ）

三枚がさねパンケーキのうえに、ソーダ味の青い粒ゼリー入りホイップクリームを入道雲のように巻く。ブルーグレーの雨雲が美しい日に。

● キャラメル・ベリー・UFO（10ページ）

二枚がさねパンケーキのうえに、半円形のキャラメルムースがお椀を伏せたような形においてあり、生クリームをあしらってUFOの形を模している。皿の端から端まで稲妻のようにラズベリーとチョコレートのソースが横切り、星型ラムネが散らばる。国分寺市でUFO目撃のニュースが流れた日にはじめて作り、レギュラーメニュー入り。

● レインボー・エナジー・ソース（10ページ）

三枚がさねパンケーキのうえに、同心円状に七色のソース（トマト、ラズベリー、オレンジ、パイナップル、キウイ、ソーダ、ブルーベリー）で輪を描いてある。ソースの色は身体の七つのチャクラをイメージ。パンケーキには生クリームとスライスしたバナナを添える。まぶが昔ヨガを独学していたころに発案。

218

● パッション・キャット（10ページ）

牛乳の代わりにみかんジュースを入れた、薄めの四枚がさねパンケーキ。生クリームと缶詰みかんをあしらう。陽炎子が昔えさを与えていた野良猫がみかんがすきだったことから、猫の思い出にとリクエストされてレギュラーメニュー入りした。

● わんこパンケーキ（25ページ）

一枚を食べ終えるところで焼きたての一枚を提供され、いらないというまでつづくわんこそばシステムで食べるパンケーキ。陽炎子のリクエストにより始まった、ほかの客には存在を知られていない裏サービス。

● フルーツとナッツのタンバリンケーキ（39ページ）

厚焼きの一枚パンケーキの周りに、カットしたフルーツがタンバリンの鈴のように並べられ、アーモンドやピスタチオなどのナッツが散らばる。生クリーム添え。金色の飴がけ。音楽好きな一家の、子ども用のバースデーケーキとして依頼されたのがはじまりのスペシャルケーキ。

● ベーコン・アンド・ハーブ・アイスピック・グレイシャー（51ページ）

薄めの四枚がさねパンケーキに、カリカリベーコン、ハーブと野菜のアイスピックが添えられている。「お食事パンケーキ」のパンケーキは基本てきに甘くない。まぶがクリスマス料理の残りのアイスピックをパンケーキにのせ、くずしながら食べたのが原型。

● フライド・グリーントマトのサワークリーム添えパンケーキ（63ページ）

「お食事パンケーキ」のひとつ。厚めの二枚がさねパンケーキに、輪切りのグリーントマトを揚げて載せる。粗塩をふり、サワークリームを添える。まぶにとってグリーントマトは女同士の友情の象徴。

● フルーツトマトとバジルのクリームチーズ・バイオレンスヨット（90ページ）

三枚がさねパンケーキのうえに、フルーツトマト＆クリームチーズ、バジルソース＆クリームチーズの、それぞれ厚み一センチほどの三角形のチーズケーキが二枚、ヨットの帆を模して配される。まぶが夢の中で乗って旅をしたヨットがモデル。

● パイナップルムースと栗きんとんのブルックリン・アイスリンク（90ページ）

二枚がさねパンケーキのあいだにパイナップルムースを挟み、上面をミントブルーに着色したホワイトチョコレートで覆い、スケートリンクを表現。栗きんとんをにぎやかにあしらう。夏季限定の冷製パンケーキメニュー。まぶが若いころ見た外国映画の、目に焼きついたワンシーンに着想を得た。

● テンプル・ライト・ライト・フォレスト（92ページ）

ココナッツミルク入りの三枚がさねパンケーキを、ジャスミンのジュレ、ピスタチオで彩る。ドライマンゴーのヨーグルト漬けも添える。まぶが夢の中で、アジア風の寺院の尼に教えられたメニュー。

● プライベート・プラネット（92ページ）

220

半球形のパンケーキの内側にさまざまなデザートを層のように詰めてゆき、さいごに皿に伏せて提供する。中身や表面のデコレーションは客のイメージに合わせて作る。まぶは客の見た目だけではなく秘めた部分や隠れた表面の魅力も直観しているようだ、とは陽炎子の談。

● **思い出の果物のクリーム・ハンモック**（109ページ）

四、五枚がさねの柔らかめの薄焼きパンケーキをハンモックのように折り、フランベした果物とその食感や風味に合うクリームを挟む。果物は客のリクエストで選び、カウンター席でその果物についての思い出などを語らいながら調理してゆく。

● **レンチンパンケーキ**（151ページ）

まぶが盛に食べさせることができたさいしょでさいごのパンケーキを再現した、冷凍パンケーキをレンジで温めただけの、格安にしてもっとも思い出のこもったメニュー。シロップやクリームをつけず、基本プレーンで提供する。

● **ミルクカレー・アンド・ナッツバスケット**（203ページ）

「お食事パンケーキ」のひとつ。バスケット入りの小ぶりな薄焼きパンケーキ五枚に、ココナッツ風味のイエロー・カレーが別添えになっている。パンケーキ地はもちもちして柔らかく、クルミやアーモンドなどくだいたナッツがごろごろ入っている。ナンのようにパンケーキをちぎってカレーにつけて食べられる。夏に、汗をかくパンケーキが食べたいと陽炎子がリクエストして生まれた。

本書は書き下ろし作品です。

バージンパンケーキ国分寺

二〇一三年五月十日 印刷
二〇一三年五月十五日 発行

著者　雪舟えま
発行者　早川浩
発行所　株式会社早川書房
　　　　郵便番号　一〇一‐〇〇四六
　　　　東京都千代田区神田多町二ノ二
　　　　電話　〇三‐三二五二‐三一一一（大代表）
　　　　振替　〇〇一六〇‐三‐四七七九九
　　　　http://www.hayakawa-online.co.jp

定価はカバーに表示してあります

©2013 Emma Yukifune
Printed and bound in Japan

印刷・三松堂株式会社　製本・大口製本印刷株式会社
ISBN978-4-15-209373-8 C0093

乱丁・落丁本は小社制作部宛お送り下さい。
送料小社負担にてお取りかえいたします。

本書のコピー、スキャン、デジタル化等の無断複製
は著作権法上の例外を除き禁じられています。